Conteúdo

A DANÚBIO AO ENTARDECER

Título Original:
"Two Hearts in Hungary"

BARBARA CARTLAND

Barbara Cartland Ebooks Ltd

ISBN
9781782137870   PAPERBACK

Book design by M-Y Books
m-ybooks.co.uk

CAPÍTULO I
1878

A manhã estava tão maravilhosa que *lady* Aletha Ling decidiu cavalgar por mais tempo do que o habitual.

Dando-se conta de que estava atrasada para o desjejum, dirigiu-se depressa para casa e, ao entrar na sala onde o pai já se encontrava, desculpou-se:

—Sinto muito pelo atraso, papai. Confesso que sentia-me tão bem cavalgando nesta manhã ensolarada que me esqueci das horas.

O Duque de Buclington sorriu para a filha, que, aliviada, notou que ele não ficara aborrecido com seu atraso. Na verdade o pai mostrava-se tão satisfeito que a filha ficou imaginando qual poderia ser o motivo daquela satisfação.

Indo ao aparador, Aletha serviu-se, escolhendo um pouco de cada um dos pratos, que continham peixe, salsichas, rins, ovos e cogumelos frescos.

—Recebi uma notícia auspiciosa, minha filha! — o Duque participou, assim que Aletha sentou-se à mesa.

—Boa notícia, papai? De quem?— a filha perguntou, depondo o garfo no prato.

—A Imperatriz da Áustria escreveu-me.

—Isto quer dizer que ela aceitou o seu convite?

—Aceitou— o Duque respondeu com satisfação—, sua Majestade virá passar uma semana aqui nesta propriedade, depois irá para Cottesbrook Park, em Northamptoshire.

—Então ela irá caçar no centro de caçadas de Pytchley!

—Sim. O Conde Spencer ficará encantado!

Veio à mente de Aletha que dois anos atrás a Imperatriz havia alugado a Easton Neston, em Towcester, desejando caçar no famoso centro de caçadas de Bicester e com os cães do Duque de Grafton. Seria pouco dizer que a Imperatriz causara sensação.

Os ingleses não acreditavam que ela fosse uma excelente amazona. Na mente deles, uma mulher tão linda seria, quando muito, uma simples apreciadora de um passeio pelo parque montada num belo puro-sangue. Na verdade, os dois cavaleiros escolhidos para acompanhá-la, o Capitão Middleton e o coronel Hunt, não ficaram contentes com a incumbência.

—Acompanhar a Imperatriz ? É claro que farei isso, embora prefira cavalgar sozinho— o Capitão Bay Middleton reclamara quando recebera do Duque a mencionada incumbência.

Todavia o Capitão viu como se enganara ao conhecer Elizabeth. Ele, sendo um dos melhores cavaleiros da Inglaterra, reconheceu que a Imperatriz era, além de um mulher de rara beleza, uma amazona brilhante.

Como não podia deixar de ser, ele apaixonou-se por Elizabeth.

Aletha achou que seu pai também ficara impressionado com o carisma irresistível da Imperatriz .

Logo depois de sua partida para a Áustria, a Imperatriz convidou o Duque de Buclington para visitar seu país. O convite foi aceito, e o Duque voltou da Áustria ainda mais encantado com Elizabeth.

Há algumas semanas, o pai de Aletha havia escrito à Imperatriz convidando-a para hospedar-se em Ling Park. A espera da resposta de Elizabeth deixara o Duque ansioso e até mal-humorado. Mas finalmente chegara a tão esperada carta. A Imperatriz aceitara o convite.

—Fico muito feliz por você, papai! Será maravilhoso conhecer a Imperatriz .

Há dois anos Aletha estava apenas com dezesseis anos e não havia ido a nenhuma das festas oferecidas à Imperatriz, tampouco participara das caçadas.

Nessa ocasião ela ainda estava no colégio. Ao voltar para casa pouco antes do Natal, todos em Ling só falavam na Imperatriz. Notando o entusiasmo do pai, Aletha compreendeu que Elizabeth tornara-se a mulher ideal para ele, um homem que vivia tão só depois de ter perdido a esposa.

O Duque de Buclington tinha sem dúvida suas admiradoras, todas elas desejosas de fazê-lo feliz. Porém o Duque preferia viver ocupado com suas propriedades, seus cavalos e, naturalmente, sua filha a quem amava demais.

Aletha também adorava o pai, e ambos detestavam ficar separados.

Ela fora mandada para um colégio, simplesmente porque era imprescindível que, dada sua posição social, recebesse uma educação esmerada.

Somente agora Aletha iria debutar e, tendo terminado seus estudos, poderia ficar novamente ao lado do pai.

Enquanto comia, Aletha pensou na magnífica matilha que o pai possuía e pensou que quando recebessem seus distintos hóspedes seriam organizadas caçadas excitantes.

O Duque , que acabava de pôr sobre a mesa a carta que estivera lendo, exclamou subitamente:

—Já sei o que devo fazer! Não sei por que isto não me ocorreu antes!

—O que foi, papai?

—Quando a Imperatriz hospedou-se em Easton Neston, trouxe consigo seus cavalos, todos adquiridos na Hungria.

—Eu não sabia disso, papai.

—Nós precisamos de mais cavalos. Claro que precisamos, e vou comprá-los na Hungria.

Os olhos de Aletha ganharam um brilho súbito.

—Oh, papai! Sempre achei que você devia ter cavalos húngaros!— ela exclamou—, sei que a Imperatriz ama a Hungria, e os soberbos cavalos queda possui são desse país.

—Se ela prefere montar cavalos húngaros, nós vamos oferecer-lhe esses animais, estou determinado a adquirir os mais extraordinários exemplares que houver na Hungria.

—Claro! Os melhores!— a filha concordou.

Aletha não ignorava que as cocheiras do pai já estavam cheias de cavalos excepcionais e que os puros-sangues

4

reservados para corridas eram também extraordinários. Contudo, sempre havia lugar para outros soberbos animais.

Ela própria sempre almejara montar os fogosos e velozes cavalos húngaros que maravilhavam os apreciadores e criadores europeus.

—Se você pretende ir à Hungria, papai, quero ir também.

O Duque suspirou.

—Gostaria de poder fazer esta viagem, mas deve lembrar-se de que tenho que ir à Dinamarca ha próxima semana.

—Oh, eu me havia esquecido disso!— Aletha exclamou com um pequeno grito—, tem mesmo de ir, papai?

—Como poderei recusar? Terei que representar Sua Majestade. Ela tocou no assunto novamente há dois dias.

—Seria muito mais divertido ir à Hungria!

—Concordo com você, porém, já que me é impossível fazer isso, Heywood terá de ir comprar os cavalos para mim. James Heywood era o administrador do Duque de Buclington. Tratava-se de um cavalheiro de boa família, cuja fortuna, infelizmente, devido à má especulação, se perdera.

Heywood fora um cavaleiro excelente e havia conquistado inúmeras vitórias com seus próprios cavalos, participando de corridas como amador.

Vendo-se forçado a conseguir um emprego para se manter, começara a trabalhar para o pai do Duque, vinte anos atrás. O falecido Duque confiara na capacidade de Heywood e, por viver sempre muito ocupado, entregara ao administrador a compra de quase todos os cavalos que possuía.

Apesar de já estar envelhecendo, Heywood continuava com a mesma argúcia quando se tratava de julgar um cavalo.

—Sim, Heywood deve ir à Hungria— o Duque murmurou como se estivesse pensando em voz alta—, precisaremos de oito ou dez animais extraordinários para juntarmos aos que já possuímos.

—Imagino que teremos que treiná-los e adaptá-los ao nosso clima; crê que conseguiremos isso até o outono?

O Duque sorriu.

—Asseguro-lhe que faremos o melhor possível para alcançarmos esse objetivo. Só quero ver a alegria da Imperatriz quando montar os cavalos excepcionais que conseguiremos para ela.

Ao notar o brilho nos olhos do pai à simples menção da Imperatriz , Aletha desejou que ele encontrasse alguém que viesse ocupar o lugar deixado pela mãe.

Pessoalmente, ela preferia ter o pai só para si, mas reconhecia que uma segunda esposa o tornaria mais feliz, e era a felicidade do pai o que ela desejava.

O Duque de Buclington era ainda um belo homem e não tinha nem cinqüenta anos. Ele se casara muito jovem, e seü filho estava com vinte e três anos. Havia cinco anos de diferença entre Aletha e o irmão.

O corpo do Duque era o de um atleta, seus cabelos, ainda escuros, revelavam apenas alguns fios brancos nas têmporas, e sua aparência era a e um homem com muito menos idade do que a que realmente contava.

«Será ótimo para papai ter a Imperatriz aqui em casa», Aletha pensou com altruísmo.

No mesmo instante ocorreu-lhe que era uma pena o pai não poder ir à Hungria, o que significava que ela não iria também, e fazer essa viagem seria uma aventura que ela apreciaria muitíssimo. Porém compreendia que ele não tinha como deixar de atender a um pedido da Rainha.

Logo a temporada teria início, e ao voltar o Duque, ver-se-ia envolvido com mil e um compromissos sociais. A filha, sendo debutante, teria seu baile de gala em Londres e também seria apresentada no Palácio de Buckingham.

—Preciso entrar em contato com Heywood imediatamente— o Duque estava dizendo—, não tenho certeza se ele se encontra aqui ou se foi para Newmarket.

Aletha ficou pensativa por um momento.

—Tenho quase certeza de que ele se encontra em Ling. Vi o Sr. Heywood há dois dias e sei que ele só pretende ir para Newmarket na semana que vem.

—Então vou pedir para alguém ir chamá-lo; quero vê-lo imediatamente.

Mal tocou a campainha de ouro que se achava sobre a mesa e a porta abriu-se. Como era tradicional, os criados não ficavam na sala por ocasião do desjejum.

Bellew, o mordomo, apareceu imediatamente.

—Mande um dos cavalariços ir o mais depressa que puder chamar o Sr. Heywood— o Duque ordenou.

—Imediatamente, Alteza!

Dada a urgência que pressentira na voz do Duque, Bellew deixou a sala bem mais depressa do que costumava fazê-lo.

O Duque dirigiu-se à filha:

—Eu estava pensando se deveríamos redecorar a "Suíte da Rainha ". O que acha disso?

—Não creio que seja necessário, papai. Há dois anos você redecorou esses aposentos para a Princesa Alexandra e também redecorou os aposentos ocupados pelo Príncepe de Gales. Desde então esses cômodos foram tão pouco usados...

—É verdade, e nós dois sabemos que a Imperatriz estará mais interessada em nossas cocheiras— o tom do Duque era de orgulho.

Pai e filha sabiam que as cocheiras de Ling abrigavam os mais fantásticos cavalos do condado, animais que faziam inveja aos outros senhores de terras das redondezas.

—Os nossos caçadores certamente ficarão muito encantados— o Duque prosseguiu — eles ficaram um tanto ressentidos, porque da última vez, a Imperatriz, preferiu o centro de caçadas de Bicester, mas este ano certamente se vangloriarão do fato de a Imperatriz ter escolhido Pytchley.

—Aí está um bom motivo para eles se esmerarem quanto à aparência, e eu também faço questão de um traje novo de montaria!

—Suponho que exigirá um traje feito por Busvine, o alfaiate mais luxuoso de Londres!— o Duque observou sorrindo.

—Naturalmente, e você precisará encomendar alguns pares de botas a Maxwell.

—Detesto botas novas! As velhas são bem mais confortáveis!— o Duque reclamou.

—Mas não são nada elegantes!— a filha insistiu e levantou- se para beijar o pai—, estou contente por vê-lo tão entusiasmado com a vinda da Imperatriz! Sei que ela o fará feliz, além disso, todos os mais elegantes e mais importantes cavalheiros de Londres ficarão morrendo de inveja de você!

O Duque riu.

—Você me lisonjeia! Mas sabe tão bem quanto eu, minha querida, que a Imperatriz virá a Ling não por mim, mas por causa dos meus cavalos! Ora, está sendo ridiculamente modesto, papai— Aletha provocou-o—, ninguém ignora que a Imperatriz, adora cavalheiros bonitos! Um passarinho me segredou que quando você esteve em Viena ela dançou com você todas as noites e muito mais vezes do que dançou com outros cavalheiros.

—Não sei com quem andou conversando para saber dessas bisbilhotices absurdas!— o Duque censurou a filha, porém não conseguiu disfarçar o quanto se sentia lisonjeado.

Aletha, por sua vez, dizia a si mesma que seria impossível uma mulher não achar o Duque de Buclington um homem muitíssimo atraente.

Mais tarde, naquele mesmo dia, o Duque, comunicou à filha que já conversara com o Sr. Heywood sobre sua viagem à Hungria para comprar os melhores cavalos que houvesse naquele país, e Aletha, mais uma vez, lamentou não poder ir para a Hungria.

Ansiava por conhecer Budapeste, já havia lido sobre a beleza da cidade e sobre as magníficas estepes onde os cavalos galopavam.

Também ouvira falar sobre os luxuosos Palácio s construídos pelos aristocratas húngaros. Estes últimos, ela fora informada, eram os homens mais belos da Europa. Daí ser compreensível que a Imperatriz, preferisse os húngaros aos austríacos sem graça.

Na verdade era do conhecimento de todos que a Imperatriz sentia-se tristonha na Áustria e só na Hungria sentia-se livre e não reprimida.

Não era só o magnetismo do país que atraía a bela Elizabeth. Havia histórias a respeito de cavaleiros belos e intrépidos, os quais declaravam seu amor à Imperatriz com palavras cheias de beleza e poesia.

Aletha era uma jovem inocente. Nada sabia sobre os *affaires du coeur* tão comuns em Londres entre os que freqüentavam a Marlborough House, seguindo o exemplo do Príncepe de Gales.

Impressionada com o que se dizia a respeito da Imperatriz da Áustria, Aletha ficara interessada em saber mais sobre a linda Elizabeth e aos poucos fora reunindo informações sobre ela pelo que ouvia através dos convidados do pai.

Depois que a Imperatriz visitara a Inglaterra, até os criados passaram a falar incessantemente sobre a real visitante. Aletha ouvia a conversa dos criados, o que a Duque sa certamente desaprovaria se estivesse viva.

Em 1874 a Imperatriz visitara o Duque de Rutland, no Castelo de Belvoir, e pela primeira vez participara de caçadas em solo inglês. Uma das arrumadeiras do Castelo, chamada Emily, viera trabalhar em Ling.

Impressionada com a beleza de Sua Majestade, Emily não se cansava de fazer comentários sobre a Imperatriz, os quais Aletha ouvia com prazer.

O próprio Duque de Buclington fornecia à filha informações sobre a Imperatriz, embora não se desse conta de tal fato. Certo dia Aletha ouviu o pai dizendo a um de seus convidados:

—A Rainha , acompanhada de John Brown, foi visitar a Imperatriz em Ventnor, onde esta alugou uma casa.

—Ouvi mesmo dizer que a Imperatriz estava lá— o convidado respondeu.

—Soube que ela foi para Ventnor a fim de tratar da filha adoentada, a quem os médicos recomendaram banhos de mar.

—Exatamente. Disseram-me que John Brown ficou impressionadíssimo com a beleza da Imperatriz!

Esse comentário do Duque provocou risos. É que o escudeiro John Brown era muito afeiçoado à Rainha, que não escondia seu favoritismo pelo melancólico escocês. Cortesãos e estadistas se ressentiam do fato de, às vezes, serem tratados com certa rudeza, enquanto John Brown era sempre merecedor da simpatia e da preferência de Sua Majestade.

Quando o riso diminuiu, o convidado do Duque observou:

—Soube que John Brown ficou embasbacado com a beleza da Imperatriz , porém a pequena Valéria assustou-se com a Rainha e chegou a dizer: "Nunca vi uma *lady* tão gorda!"

Mais risadas ecoaram pela sala, porém Aletha, ouvindo a conversa, estava mais interessada nos comentários sobre a linda Imperatriz.

Quando Elizabeth voltou à Inglaterra, dois anos antes houve muitos mexericos sobre ela. Na ocasião, todos associavamseu nome ao do Capitão Bay Middleton. Comentavam que a Imperatriz vivia alegre e animada, não se cansando nunca.

Ela assistiu a todas as *steeple-chases* e, ao final de uma competição, entregou a taça de prata ao vencedor.

Era tão evidente o entusiasmo de Elizabeth e sua beleza tão marcante que se começou a especular se tudo isso seria resultado das caçadas em si ou da companhia do homem com quem ela caçava.

Aletha tivera oportunidade de conhecer o Capitão Bay Middleton e pôde compreender por que a Imperatriz o admirara tanto. Ele era um homem alto, de trinta anos, moreno, de cabelos castanho-avermelhados, e sobretudo, muito bonito.

O nome "Bay" lhe fora dado em homenagem ao famoso cavalo vencedor do Derby de 186.

Quando Bay Middleton foi convidado para ir caçar em Godollo, ao norte de Budapeste, o Duque de Buclington também recebeu o mesmo convite da Imperatriz.

Quando o pai partiu para a Hungria, Aletha desejou ardentemente poder ir com ele e pediu a Deus que um dia tivesse a oportunidade de conhecer aquele país.

Agora a Imperatriz estava realmente decidida a vir a Ling! Nada podia ser mais excitante não só para o Duque, mas também para ela, os da casa e aqueles que moravam na vasta propriedade.

Quanto ao Sr. Heywood, sem dúvida ficou entusiasmado ao receber a incumbência de ir à Hungria comprar cavalos para o Duque .

—Eu ia mesmo falar com Vossa Alteza sobre uma venda especial a ser realizada no Tattersall's esta semana— o administrador disse ao patrão—, mas, se vamos adquirir puros-sangues na Hungria, não há necessidade de compra alguma naquele mercado de cavalos.

—E por que não compramos alguns belos animais no Tattersal`s além de outros na Hungria? Você somente partirá para este país quando eu embarcar para a Dinamarca. Haverá tempo suficiente para deixarmos os puros-sangues perfeitamente adestrados até a vinda da Imperatriz.

—Ótimo, Alteza! Não há nada que me dê mais prazer do que gastar seu dinheiro em belos animais!

O Duque riu.

A notícia de que a Imperatriz, viria para Ling no outono espalhou-se como um rastilho dé pólvora pela propriedade, pelas vilas e por todo o condado.

Nos dias seguintes, visitantes e mais visitantes foram a Ling para saber se era mesmo verdade que a Imperatriz Elizabeth viria passar alguns dias na propriedade do Duque. A todos Aletha repetia que realmente estavam aguardando a visita de Sua Majestade.

Para ela era um divertimento ver a surpresa, o entusiasmo e até a inveja nos olhos dos visitantes.

Apesar de a filha assegurar que a suíte a ser ocupada pela Imperatriz não precisava ser redecorada, o Duque de Buclington, fez questão de fazer alguns reparos nos luxuosos aposentos, a começar pelos retoques nas folhas de ouro do forro e dos entalhes.

—Quanto tempo irá ficar na Dinamarca, papai?— Aletha perguntou quando o Duque começou a separar o que pretendia levar na viagem.

—Receio ter que ficar ausente pelo menos duas semanas, minha querida. Gostaria muito de poder levá-la comigo— o pai respondeu ao retirar do cofre suas medalhas e condecorações.

—Seria tão bom! Tudo aqui fica tão aborrecido sem você, papai.

—Sua prima Jane virá lhe fazer companhia.

Ao ouvir isso, Aletha fez uma careta, porém não comentou nada. Jane já era idosa, contava mais de sessenta anos e não ouvia bem.

Morando a apenas umas poucas milhas de Ling e sendo prestativa, a prima estava sempre disposta a passar algum tempo em Ling fazendo companhia a Aletha e lhe servindo de *chaperon*.

Contudo, apesar de toda a sua boa von tade, Jane não deixava de ser uma mulher entediante. O próprio Duque procurava evitar sua presença sempre que ele se achava em casa.

O consolo de Aletha era que podia escapar das constantes reclamações e queixas da prima sobre doenças, indo cavalgar.

Certa vez Aletha havia sugerido ao pai que convidasse uma outra parente mais jovem para servir-lhe de *chaperon,* porém

logo constatou que a *lady* em questão era péssima cavaleira e ficara melindrada por ter ficado para trás, sozinha, quando cavalgara com outras pessoas.

Bom mesmo, Aletha pensava, era cavalgar ao lado do pai, e quando ele se achava em Ling havia sempre pessoas interessantes e divertidas que vinham visitá-los dia após dia.

O Duque também costumava organizar corridas ponto a ponto e *steeple-chases,* das quais tomavam parte seus convidados e os moradores vizinhos.

—Não se demore muito, papai— Aletha pediu ao Duque.

—Ficarei ausente apenas o tempo necessário, nem um minuto mais, minha filha. Por mais que eu goste dos dinamarqueses, acho seus cerimoniais infindáveis e os discursos extremamente cansativos!

—Será que a Rainha não teria outra pessoa para ir em seu lugar?— Aletha sugeriu sem esconder seu mau humor.

Os olhos do Duque ganharam um brilho travesso.

—Sua Majestade quer ser representada por pessoas de talento e ela aparência!

A filha riu.

—Nesse caso, não há um nobre capaz de substituí-lo, papai! Chego a recear que você deixe para trás um grande número de dinamarquesas com o coração partido.

—Não sei de onde você tira tais ideias! — o pai replicou, porém sentiu-se envaidecido com o elogio.

À véspera de sua partida, o Duque acertou com o Sr. Heywood os últimos detalhes sobre a missão deste último na Hungria. Ambos passaram a tarde toda falando sobre cavalos.

O administrador acabou ficando para jantar e enviou um cavalariço a sua casa para buscar um dos seus trajes de noite a fim de se trocar para sentar-se à mesa com o Duque e a filha.

Ao ver Aletha descendo a escada usando um dos seus lindos vestidos comprados para seu *début,* o Sr. Heywood disse:

—Você se parece muito com sua mãe, *lady* Aletha. Sem dúvida será a mais bela em todos os bailes aos quais comparecer!

—Jamais serei tão encantadora quanto mamãe; porém, como a única filha de papai, farei o possível para que ele se orgulhe de mim.

—Não poderá ser o contrário!— o Sr. Heywood respondeu com sinceridade na voz, o que Aletha muito apreciou.

Era consolador, ela pensou, ter quem a admirasse. Ao mesmo tempo veio-lhe à mente que, pertencendo à família Ling, na qual no decorrer dos séculos as mulheres sempre foram aclamadas por sua beleza, ela própria poderia não fazer jus à reputação granjeada por tais beldades.

Os quadros que enfeitavam as paredes da galeria Van Dyck, ali em Ling, atestavam que, através das gerações, a beleza de traços era o que caracterizava aquela família.

Grandes pintores haviam retratado os ancestrais do Duque de Buclington. Além das inúmeras obras da galeria, havia ao lado das escadas e nos salões telas pintadas por grandes mestres, como Gainsborough, *sir* Joshua Reynolds e Romeney.

Aletha admirava esses retratos e admitia que se parecia com aquelas beldades, contudo costumava dizer a si mesma: "Sem dúvida estou numa competição difícil e até desigual!"

Atualmente Aletha tinha mais confiança em si mesma e não ignorava que os elogios que lhe dirigiam eram sinceros. Dois ou três anos atrás, a situação era diferente. Ela passava então pelo que se costumava chamar de "idade feia e sem graça". Quantas vezes ouvira os amigos do pai dizerem:

—Oh, esta é a Aletha? Imaginei que ela fosse parecida com a mãe! A Duquesa foi uma das mulheres mais lindas que já tive a felicidade de conhecer!

Naturalmente os amigos do Duque não desejavam ser indelicados. Porém Aletha compreendia a insinuação e não se cansava de pedir a Deus que lhe desse um pouco mais de beleza quando ficasse uma mocinha.

Então, como por milagre, suas preces foram atendidas. Ela passou a ver refletida no espelho uma imagem muito bonita e cada vez mais se dava conta de que se parecia com a mãe e com as outras lindas Duquesas de Ling.

Todavia, em sua modéstia, não se julgava igualmente linda, apenas parecida. Mais tarde, nessa noite, tendo o Sr. Heywood deixado Ling, Aletha ficou a sós com o pai e comentou:

—O Sr. Heywood pareceu sincero ao dizer que pareço com mamãe. Espero que quando for para Londres as pessoas me admirem.

—Você quer dizer "os homens", não é? Asseguro-lhe que você já é uma linda mocinha e ficará ainda mais encantadora quando ficar um pouco mais velha, minha querida.

—Acha... mesmo, papai?

—Sim, e já estou observando os jovens cavalheiros, pois tenciono escolher um excelente marido para você.

A filha olhou atônita para o Duque e disse, pouco depois, com certa dificuldade:

—Um... marido?

—Naturalmente. Se sua mãe estivesse viva, ela também estaria ansiosa, pensando em ver nossa única filha fazer um casamento brilhante com um cavalheiro, o qual teríamos orgulho de receber como genro.

Incapaz de falar, Aletha permaneceu em silêncio por um instante. Depois conseguiu articular umas poucas palavras numa voz sumida:

—Creio, papai, que eu mesma devo encontrar... meu marido.

—Isto é impossível!— o pai exclamou, sacudindo a cabeça.

—Mas... por quê?

—Porque nas famílias reais e nobres como a nossa os casamentos são sempre arranjados. Fazemos isso com discrição, porém de modo definitivo!— o Duque fitou Aletha com suavidade no olhar—, você é minha única filha, por isso serei muito exigente na escolha de seu futuro marido. Estou decidido a ter como genro um aristocrata que, para dizê-lo com poucas palavras, esteja a sua altura.

—Mas, papai, suponha que eu... não o ame?

—O amor geralmente nasce depois do casamento. Prometo- lhe, minha querida filha, que encontrarei um homem por quem você se apaixonará.

—Mas suponha que ele não me ame e que me queira apenas porque... sou sua filha.

O Duque fez um pequeno gesto com a mão.

—Sem dúvida ele a amará. Um aristocrata só se casará se estiver certo de vir a apaixonar-se pela mulher que irá desposar. Eu me apaixonei por sua mãe. É comum um aristocrata aceitar o que os franceses chamam de "casamento por conveniência" por fazer questão de que sangue azul se una a sangue azul. Uma linda noiva é sempre muito desejada para dar continuidade a uma linhagem.

—A meu ver, isto soa tão frio e sem romantismo, papai!

—Aletha protestou depois de ter ficado pensativa por um momento— até parece que não se trata de um casamento, mas da escolha de uma mercadoria no balcão de uma loja.

—Não é bem assim — o Duque retrucou de modo incisivo.

—Prometo-lhe que não a forçarei a se casar com um cavalheiro de quem não goste.

—Tudo o que desejo é amar alguém que me ame pelo que sou e não por ser sua filha.

—Muitos homens a amarão por você mesma. Porém, quando a questão for casamento, acredito que eu estarei muito mais capacitado do que você, com tão pouca idade, a escolher o homem certo para ser seu marido, de modo a assegurar sua felicidade, filha adorada.

—Por que diz isso?

—Porque uma jovem ingênua pode muito bem se deixar enganar por um homem que tenha "lábia", como se diz comumente. Minha filha, nem sempre um homem controlado, bem-educado e bem-nascido tem o dom de saber usar palavras doces e românticas!

—Em resumo, o que você está querendo dizer, é que eu sou capaz de me deixar impressionar pelas palavras de um homem, ainda que não sejam sinceras— Aletha concluiu.

—Há homens loquazes, desenvoltos e capazes de se mostrarem encantadores quando a questão é dinheiro e título de nobreza— o Duque observou com ceticismo.

Aletha permaneceu em silêncio, não ignorava que qualquer homem da Inglaterra iria considerar um privilégio e uma honra ser genro do Duque de Buclington. E ela era sua única filha.

Mesmo tendo um irmão, o qual no momento se encontrava na Índia como ajudante-de-ordens do Vice-Rei, que herdaria a maior parte da fortuna paterna bem como o título de nobreza, Aletha possuía uma grande fortuna, herança materna, e teria ainda participação no dinheiro do pai.

Ela seria tola demais, se não compreendesse que uma jovem como ela poderia ser vítima de caçadores de dotes que se vangloriariam do grande triunfo de tê-la conquistado. Como ela dissera, se isso acontecesse, teria sido escolhida não por si própria, mas pelo dinheiro e título do pai.

—Até o momento não tivemos a oportunidade de tocarmos nesse assunto, filha, mas eu pretendia falar sobre isso com você antes de irmos para Londres para a temporada. Minha querida, tudo o que você tem a fazer é ser sensata e deixar este assunto aos meus cuidados. Desde criança você tem confiado em seu pai e não posso acreditar que agora não fará o mesmo.

—Amo-o muito papai, e claro, confio em você, mas quero me apaixonar como você e mamãe se apaixonaram.

—Um amor como o nosso só acontece uma vez em um milhão de anos! Assim que entrei no salão e vi sua mãe, soube que eu havia encontrado a jovem, fosse ela quem fosse, viesse de onde viesse, que haveria de ser minha esposa!

—Mamãe também me dizia que ao conhecê-lo soube que havia encontrado o homem de seus sonhos.

—Fomos felizes, querida, imensámente felizes.

Aletha notou a nota dolorida na voz do pai, era sempre assim toda vez que ele falava na esposa.

—É o que eu também quero encontrar, papai. Como mamãe, desejo encontrar... o Príncepe dos meus sonhos!

—Nesse caso, reze para que isso aconteça!

Embora o Duque falasse com sinceridade, Aletha sabia que o pai duvidava que fosse possível existir, um amor tão pleno quanto o dele e da esposa. Como ele dissera, isso só ocorria uma vez em um milhão de anos.

—Já que partirei amanhã bem cedo, creio que devo ir para a cama— o Duque disse, erguendo-se—, não se preocupe com nada, minha querida. Quando eu voltar, conversaremos sobre este assunto antes de irmos para Londres— ele abraçou a filha—, faça seus passeios a cavalo e procure distrair-se. Prometo que mais tarde vou recompensá-la destas duas semanas entediantes.

—Vou sentir muita saudade, papai.

—Também sentirei saudade de você, minha doçura.

O Duque e a filha subiram a escada abraçados. À porta do quarto de Aletha, ele beijou-a afetuosamente e seguiu pelo corredor em direção aos próprios aposentos, pensando nos jovens aristocratas que vira recentemente na corte.

Não deixava de ser uma tarefa difícil escolher um cavalheiro que lhe parecesse digno de ser marido de sua filha. Em cada um deles sempre havia um ou mais defeitos.

Sua percepção lhe dizia que, se um daqueles nobres viesse a se casar com Aletha, não lhe permaneceria fiel depois do primeiro ano de casamento.

«Hei-de encontrar alguém», o Duque pensou, decidido, ao entrar sob as cobertas.

Já trocada para dormir, Aletha afastou as cortinas e ficou à janela. O céu estava estrelado e a lua cheia permitia uma boa visibilidade.

A noite estava fria, os raios do luar tornavam o lago um espelho de prata. Sob os carvalhos vetustos, os narcisos que acabavam de desabrochar formavam um verdadeiro tapete.

Normalmente Aletha se emocionava com a beleza de Ling e tudo que dizia respeito àquela casa e aos que ali viviam. Porém naquele instante ela mostrava-se alheia ao encanto da noite. Um único pensamento a atormentava; teria de partir, deixando tudo o que amava e que lhe era familiar, para ir morar com um estranho numa casa também estranha.

Teria criados estranhos e não aqueles que a cercavam e que vinham cuidando dela desde que nascera. Teria parentes estranhos que a criticariam e desaprc variam o que quer que ela fizesse.

Seria difícil encontrar um marido que cavalgasse tão bem quanto seu pai ou como ela própria.

«Não poderei suportaria», pensou. «Desejo amar e ser amada. Só o amor fará até mesmo uma casinha parecer maravilhosa... e *ele* estará lá».

Seu pensamento voltou-se para a Imperatriz Elizabeth. Ela era amada por tantos homens devido a sua beleza e talvez também retribuísse esse amor. Mas Aletha desejava para si mesma algo diferente.

Desejava amar, viver uma união feliz, tão feliz que o mundo fora do seu lar não importasse. Um casamento no qual o que contava era o amor entre ela e seu marido.

Erguendo a cabeça, ela fitou a lua.

—Será que estou desejando algo impossível?— Aletha perguntou—, será que devo me contentar com menos?

Vir a amar alguém depois do matrimônio jamais seria o mesmo que se casar com o homem de seus sonhos. Como seria amar apaixonadamente? Devia ser muito mais emocionante do que possuir e cavalgar puros-sangues extraordinários, velozes e indômitos.

Fora uma pena que o assunto que estivera conversando com o pai surgira antes de ele partir para a Dinamarca. Seria tão bom se pudesse continuar falando com ele, tentaria fazê-lo compreender que ela precisava tentar tornar seu sonho uma realidade, ainda que isso parecesse impossível.

Subitamente Aletha teve um terrível pressentimento. Poderia acontecer que viesse a ser casada com um estranho com quem nada tinha em comum, antes mesmo de se dar conta do que estava acontecendo.

—Não posso suportar ao menos esta simples ideia!— ela disse em voz alta.

Ocorreu-lhe que, se algo semelhante lhe acontecesse, só lhe restaria a alternativa de fugir.

Com um estremecimento, veio-lhe à mente que nessa viagem para a Dinamarca talvez o pai encontrasse um marido para ela. Então se veria ao lado de um estrangeiro, cuja língua e costumes eram diferentes dos dela e de quem nada sabia.

Dominada pelo pânico, Aletha sentiu-se como se estivesse navegando num mar calmo que, de repente, se tornara tempestuoso.

«Tenho de fugir!», pensou.

O bom senso, porém, falou mais alto e ela reconheceu que, sendo o pai um homem compreensivo, iria ouvi-la se ela lhe explicasse o que estava sentindo. Seu primeiro impulso foi correr até os aposentos do Duque, exporia seus receios, e ele a entenderia como costumava fazer quando Aletha ainda era criança e o procurava, assustada, com medo do escuro.

Pensando mais no pai do que em si mesma, ela decidiu que seria egoísmo de sua parte ir aborrecê-lo, uma vez que ele iria partir logo pela manhã; teria que atravessar o mar do Norte, a caminho da Dinamarca.

«Por que papai tem que fazer esta viagem exatamente agora?», Aletha perguntou a si mesma, zangada.

Não fosse o pedido da Rainha, no dia seguinte o Duque e a filha estariam partindo para a Hungria. Seria maravilhoso ambos examinarem belos cavalos húngaros! Os dois cavalgariam lado a lado num país que ela não conhecia e que a Imperatriz Elizabeth tanto amava.

«Se papai e eu estivéssemos na Hungria, eu me sentiria mais à vontade para falar com ele sobre o amor», Aletha pensou.

Infelizmente seria o Sr. Heywood e não eles quem iria fazer a viagem até a Hungria. O administrador, sim, teria o prazer de selecionar os mais magníficos cavalos que encontrasse.

Era desesperador pensar que tudo havia saído errado, ela via-se privada do grande prazer que seria ajudar o pai a escolher os animais que desejariam trazer para a Inglaterra.

Frustrada, Aletha afastou-se da janela. De nada adiantava ficar desejando algo tão inatingível como a lua. Teria que se conformar, ficaria em casa, cheia de preocupações quanto ao seu futuro.

De nada adiantava ter a companhia da prima Jane em casa, nunca iria se abrir com ela.

Impulsivamente Aletha decidiu voltar para a janela e olhar para as estrelas. Estas a inspiraram a dirigir um pedido para o céu:

—Desejo tanto encontrar o amor... permita-me encontrar um homem a quem eu ame verdadeiramente... e que me ame também.

Suas palavras foram quase uma prece, e Aletha sentiu que elas subiam para os páramos etéreos.

Quando ia correr as cortinas deixando lá fora a noite com sua beleza, ela teve uma ideia. O que lhe ocorreu era tão extraordinário, tão incrível que, por um momento, nem se moveu.

Então, algo forte, desafiador e incitante surgiu como uma chama dentro de seu peito, para em seguida se infiltrar por todo o seu corpo e seu cérebro.

Erguendo a cabeça, Aletha fitou a lua, como se fosse desse astro que lhe tivesse surgido a ideia , e com voz suave afirmou:

—Farei isso... mas você terá que me ajudar!

CAPÍTULO II

Aletha teve muito tempo para executar seu plano. Não acostumada a fazer sua bagagem, esta tarefa tomou-lhe quase três horas.

Restava-lhe conseguir dinheiro para a viagem que tinha em mente. Na bolsa possuía apenas uma pequena quantia, reservada para espórtulas na Igreja ou para gastos ocasionais.

Porém iria precisar de mais dinheiro, e a solução seria empenhar uma das jóias que havia herdado da mãe. Desde que deixara o colégio, Aletha tivera permissão de usar alguns broches e braceletes que guardava consigo.

As tiaras, colar es e brincos ficavam no cofre. Tais peças ela não poderia obter sem alarmar o mordomo. Este iria achar muito estranho ela querer as jóias no meio da noite.

Examinando as peças que tinha em seu poder, Aletha foi colocando-as na bolsa. Durante algum tempo ela ficou admirando um valioso broche de diamantes puríssimos, em forma de meia-lua, que certamente lhe renderia bastante dinheiro.

A tempo lembrou-se de que precisaria do passaporte. Isso não seria problema, porque possuía seu próprio passaporte. Logo após a morte da mãe, ela viajara para a França com o pai, que achara uma ideia excelente ambos mudarem um pouco de ambiente.

O Duque levou a filha para passar algum tempo com seu amigo, o *Comte* de Soisson, um aristocrata, o qual, como ele, era grande criador de cavalos de corridas. O Duque fizera questão de que a filha tivesse seu passaporte separado do dele, uma vez que ele poderia ter que voltar para a Inglaterra a chamado da Rainha e deixaria a filha com a família do amigo.

Naquele momento Aletha pegou o passaporte em questão euma carta assinada pelo Marquês de Salisbury, Ministro das relações exteriores. Isto bastaria para ela entrar na Hungria, país para onde pretendia viajar.

Quando estivesse em solo estrangeiro, usaria um nome falso. Afinal, só as autoridades alfandegárias veriam seu passaporte.

Com calma ela reviu seu plano. Sabia que o que pretendia fazer contrariava as convenções sociais e iria deixar o Duque, furioso se viesse a saber do ocorrido.

Ao mesmo tempo, se tudo corresse bem, ela estaria de volta antes do regresso dele. Então não havia por que o pai duvidar de que a filha não estivera visitando uma de suas amigas.

Sua prima Jane havia chegado aquela tarde, às seis horas, e fora direto para a cama, poupando a todos de uma conversa sobre banalidades ou, pior ainda, sobre seus achaques.

Na verdade, foi a saúde da prima que facilitou as coisas para Aletha. Esta foi procurada pela criada particular de *lady* Jane que lhe comunicou:

—Receio, *milady,* que minha ama não esteja passando bem. Ela apanhou um resfriado forte e para não contagiar ninguém achou melhor recolher-se.

—Fez bem— Aletha respondeu—, eu, pelo menos, não desejo ficar resfriada no momento.

—Dentro de uns dois dias ela estará bem. Sua Senhoria gosta de ficar em Ling.

Aletha suspirou aliviada. Poderia executar seu plano com maior tranqüilidade.

Assim que terminou de arrumar a bagagem, sentou-se e escreveu um bilhete para a prima dizendo que, já que ela se achava doente, iria visitar algumas amigas e se ausentaria por alguns dias.

Aletha também deixou uma carta para o pai, caso ele regressasse da Dinamarca e não a encontrasse em casa. Nesta carta ela lhe contava toda a verdade. Seu grande amor pelo pai a impediu de mentir.

Mesmo que o Duque se zangasse, certamente ficaria mais calmo quando visse a filha de volta.

Olhando no relógio, ela viu que ainda poderia descansar um pouco. Partiria logo após a saída do pai, este deixaria Ling às seis horas, com o Sr. Heywood. Durante o jantar, ambos haviam combinado que iriam até a estação, a quatro milhas de distância, e tomariam o primeiro trem para chegarem a Londres a tempo de o Duque poder embarcar no navio para Copenhague, que zarparia pouco depois do meio-dia.

Se o Duque perdesse o navio, só poderia prosseguir viagem dali a dois dias, o que transtornaria todo o seu programa na Dinamarca.

Era tamanha a ansiedade de Aletha que não conseguia dormir.

A cada hora acendia a vela para consultar o relógio. Finalmente, às cinco horas, ouviu os passos do pai no corredor, seguidos dos do criado particular e de outros criados carregando a bagagem.

O Duque havia insistido com a filha para não se levantar a fim de se despedir dele, alegando:

—Quero que durma até mais tarde, como de costume, minha querida. Reconheço que se me levanto cedo demais meu humor não é dos melhores e não quero que guarde má impressão de mim.

—Eu jamais pensarei em você de outro modo que não seja com amor— Aletha afirmara—, você é o melhor e mais maravilhoso pai do mundo!

O pai a beijara.

—Você é uma ótima garota e orgulho-me de tê-la como filha. Heywood estava certo ao dizer que você vai ser a mais bela dos bailes aos quais comparecer, em Londres.

—Espero que sim, papai— ela dissera.

Naquele momento em que o Duque estava partindo, Aletha pôs-se a imaginar se ele iria zangar-se demais ao descobrir o que a filha havia feito. Talvez ele até a impedisse de ter o seu *début*.

Contudo, se isso acontecesse, seria um escândalo. O mais provável era que o Duque faria questão de manter em segredo a "travessura" da filha, tão contrária às convenções sociais.

«Não preciso me preocupar», ela pensou. «Voltarei antes de papai e tenho certeza de que poderei fazer o Sr. Heywood prometer manter minha viagem em segredo».

Somente quando teve certeza de que o pai e o administrador haviam partido, Aletha levantou-se e se vestiu. Passavam quinze minutos das seis quando ela desceu a escada usando um costume de viagem e um chapéu ao qual havia prendido um pequeno véu que havia pertencido à Duquesa.

Somente mulheres casadas usam véu, por isso ela achou que aquele era um bom disfarce. Além disso, ela aparentaria mais idade, e ninguém estranharia o fato de uma senhora estar viajando sozinha.

Apenas quando já estivesse fora da Inglaterra, iria procurar o Sr. Heywood. Por certo ambos fariam a travessia do canal no mesmo vapor e tomariam o mesmo trem para Budapeste.

Aletha não ignorava que correria riscos. Era a primeira vez que viajava desacompanhada. Quando voltara da França, sem o pai, viera com a criada particular, uma senhora já idosa, além do acompanhante de viagem.

Tudo havia sido arranjado para ela ter tranquilidade, proteção e o maior conforto, desde que deixara o Castelo do *comte* até a chegada em Ling.

Decidida, Aletha disse a si mesma que por maiores que fossem as dificuldades haveria de superá-las; nada a impediria de chegar à Hungria.

No hall estavam os criados da noite ainda a postos e outros dois criados que haviam cuidado da bagagem do Duque. Ao ver Aletha, todos se mostraram surpresos.

Ela pediu a dois deles que subissem para buscar seus baús e ao terceiro que fosse às cocheiras providenciar-lhe uma carruagem para levá-la à estação.

—Ontem estávamos todos tão preocupados com a partida de Sua Alteza— ela explicou—, que me esqueci de comunicar aos serviçais que eu também iria viajar para ver uns amigos.

A carruagem foi trazida à frente da casa com surpreendente rapidez. O Duque sempre se irritava se tivesse que esperar quando desejava ir a algum lugar. Por esse motivo, os cavalariços eram bem treinados e capazes de arrear um cavalo ou atrelar uma parelha em tempo recorde.

A bagagem de Aletha foi empilhada e amarrada na carruagem. Ela fizera questão de levar consigo seus lindos vestidos e chapéus novos, bem como os melhores trajes e botas de montaria, pois estava determinada a trajar-se com elegância. Sempre haveria a oportunidade de conhecer alguns interessantes aristocratas húngaros.

O criado que abriu a porta para Aletha entrar na carruagem perguntou-lhe:

—Vai viajar sozinha, *miladyl*

—Trata-se de uma viagem curta— ela explicou com um sorriso—, achei que não valia a pena levar uma criada comigo.

Fechada a porta, a carruagem partiu.

Na estação, Aletha esperou apenas quinze minutos pela chegada do trem para Londres. Um carregador, seu conhecido, apressou-se em conseguir para ela um compartimento vazio e colocou na porta um rótulo com a inscrição "reservado".

O trem pôs-se em movimento, para satisfação de Aletha, que disse a si mesma ter sido o primeiro obstáculo ultrapassado.

Enquanto o trem avançava passando por campos cultivados de onde surgiam os primeiros brotos, por bosques cujas árvores começavam a se cobrir de folhagem, Aletha repassava seu plano mentalmente. Teria de ser muito cuidadosa ao chegar em Londres.

Não poderia cometer um engano sequer; era de vital importância tomar o vapor em Tilbury à uma hora para fazer a travessia do Canal da Mancha.

Em Londres um carregador foi buscar para ela uma carruagem de aluguel. Ao entrar no veículo, Aletha pediu ao homem que dissesse ao cocheiro para levá-la a uma casa de penhores.

—Diga-lhe que vá à loja mais próxima daqui, porque não posso me demorar. Pretendo tomar o vapor, em Tilbury, à uma hora.

O carregador mostrou-se surpreso e perguntou com certa familiaridade:

—Veio sem dinheiro, não?

—Sim. Distraída como sou, deixei meu dinheiro sobre o toucador. Agora terei que empenhar meu broche se não quiser perder a viagem!

—Procure ser mais cuidadosa no futuro, madame!

—Sem dúvida é o que farei.

O carregador foi falar com o cocheiro, que, chicoteando o cavalo, pôs a carruagem em movimento.

Ao chegarem à loja de penhores, Aletha viu aliviada que a mesma tinha uma boa aparência e pela vitrine notava-se que se tratava de uma loja fina.

Não havia muito movimento na rua. Aletha desceu da carruagem sentindo-se nervosa. Felizmente não havia freguês algum dentro da loja. Um velho de nariz grande e adunco achava-se atrás de um balcão.

Já com o broche na mão ela se aproximou.

—Bom dia. Estou interessada em empenhar este broche porque, infelizmente, saí sem dinheiro e tenho urgência em ir para Ostende.

—Quando estará de volta?— o penhorista perguntou com certa agressividade na voz.

—Dentro de dez dias— Aletha falou com firmeza—, asseguro-lhe que não quero perder meu lindo broche, porém não posso viajar sem dinheiro.

Tomando a jóia nas mãos, o homem passou a examiná-la cuidadosamente. Depois disse:

—Posso lhe dar setenta libras pelo broche e quando vier resgatá-lo terá de me pagar cem libras.

Aletha não ignorava que os diamantes que haviam pertencido a sua mãe valiam muito mais. Era evidente que estava sendo lesada, porém não tinha tempo para ficar discutindo.

—Aceito o que me oferece, desde que se comprometa a não vender essa jóia dentro de dez dias. Trata-se de um broche que pertenceu a minha mãe e não desejo perdê-lo.

O homem fitou-a com olhar penetrante, como a investigar se a freguesa dizia ou não a verdade. Então, subitamente, sorriu.

—Acredito em você— ele disse—, mas da próxima vez não seja tão descuidada! Uma *lady* da sua idade não deve recorrer- a donos de lojas de penhores.

—Nunca fiz isso antes. Muito obrigada por me ajudar; asseguro-lhe que é muito importante que eu alcance o vapor que zarpará à uma hora.

O velho abriu uma gaveta que estava cheia de dinheiro, contou cuidadosamente setenta libras e entregou-as a Aletha, recomendando:

—Se está viajando desacompanhada, tome cuidado e segure firme essa bolsa— o tom do penhorista era paternal—, há punguistas por toda parte, se se descuidar, ficará sem seu dinheiro.

—Terei muito cuidado.

—Tenho ouvido dizer que nos navios principalmente existem muitos ladrões. São malandros que se não tiram o dinheiro de uma bela garota no jogo de cartas tiram-no com beijos!

O modo como ele falou fez Aletha estremecer.

Recebendo um recibo com o qual poderia resgatar o broche, ela guardou-o cuidadosamente na bolsa e colocou-a debaixo do braço. Então estendeu a mão.

—Muito obrigada. Não me esquecerei de seus conselhos.

—Deve segui-los mesmo.

Ela sorriu para o velho e deixou a loja. Na carruagem disse a si mesma que o penhorista tinha toda razão.

Poderia ter muitos problemas até se ver sob a proteção do Sr. Heywood. Contudo só pretendia revelar-se a ele depois de alcançar Ostende e estar no trem expresso que seguiria para Viena. Na véspera, Aletha ouvira o Sr. Heywood conversando com o Duque sobre as etapas de sua viagem, porém não prestara muita atenção no que o administrador dissera, uma vez que até então não cogitava fazer algo tão louco como segui-lo para mais tarde juntar-se a ele.

Quando a ideia lhe ocorreu, no entanto, Aletha soube que tinha de pôr seu plano em prática. Não suportaria ficar em casa ouvindo sua prima Jane lamuriando-se. Já que o Duque não pudera ir para a Hungria comprar os cavalos que por certo encantariam a Imperatriz, o Sr. Heywood ficara encarregado dessa tarefa. Ocorrera então a Aletha que não havia nada de mais em seguir o administrador.

Tão logo essa ideia se insinuou em sua mente Aletha passou a elaborar cuidadosamente um plano de ação, em que tudo teria que dar certo; não poderia se arriscar a ser mandada de volta pelo Sr. Heywood como se fosse parte da bagagem que ele não mais desejasse.

Para isso não acontecer, ele só teria conhecimento da presença de Aletha quando ambos estivessem viajando no trem para a Áustria.

Ao chegar às docas, verificou que o vapor já estava atracado. Ainda não era uma hora e várias pessoas embarcavam pela prancha instalada no costado. Aletha não viu sinal do Sr. Heywood e ficou contente, achando que ele já estaria a bordo. Quando lhe ocorreu que talvez não houvesse acomodação para ela, entrou em pânico. Lembrando-se das palavras do homem da loja de penhores, ela desceu sobre o rosto o veuzinho do chapéu e tirou da bolsa os óculos escuros que o Duque havia usado havia algum tempo quando visitara a Suíça, a fim de proteger os olhos contra o brilho intenso da neve.

Felizmente Aletha lembrara-se desses óculos e fora apanhá- los antes de sair, na gaveta de uma cômoda onde o Duque guardava correias de cães e luvas de cavalgar.

Com os óculos escuros, Aletha sentiu-se protegida contra o mundo. Se o próprio Sr. Heywood a visse, provavelmente não a reconheceria.

Até o cocheiro da carruagem de aluguel mostrou- se surpreso ao vê-la descer do veículo.

Com desembaraço, Aletha chamou um carregador para cuidar de sua bagagem e subiu a bordo.

Tendo viajado com o pai, ela não ignorava que, como não fizera reserva, teria de ir ao gabinete do Comissário.

Ali encontrou várias pessoas já esperando para serem atendidas.

Finalmente chegou sua vez e Aletha conseguiu, aliviada, uma cabine. É que, como as cabines eram caras, a maioria dos passageiros preferia não gastar dinheiro extra com tal conforto.

Um camareiro encarregou-se de levar seus baús para a cabine que lhe' fora destinada.

Assim que se viú sozinha, Aletha disse a si mesma, tranqüila, que estaria em segurança até chegar a Ostende.

Não era a primeira vez que ela efetuava a travessia do canal e não sentiu enjôo, apesar de o mar mostrar-se encapelado.

Já distante da costa, Aletha pensou satisfeita que vencera mais um obstáculo, e em grande estilo.

«Reconheço que até aqui fui bem esperta», ela pensou. «Agora devo evitar que o Sr. Heywood me veja em Ostende».

Sabendo que o Sr. Heywood provavelmente permaneceria no convés para apreciar a brisa do mar, Aletha fez questão de ficar trancada, embora detestasse isso.

Todas as vezes que fizera a travessia de Dover a Calais com o pai, jamais se deixara ficar encerrada, ainda que estivesse ocupando a melhor cabine do vapor.

Mas agora era diferente; precisava manter-se escondida. A viagem não foi longa, e um camareiro veio avisá-la de que haviam chegado e que ele mesmo cuidaria da bagagem dela.

Mantendo a cabeça baixa, ela desembarcou. Não foi preciso andar muito para alcançar a plataforma onde o trem para Viena já estava esperando.

Antes de embarcar, ela teve de ir ao guichê comprar sua passagem. Sem ter visto o Sr. Heywood, Aletha deduziu que, por uma bênção divina, ele já devia ter ocupado seu compartimento reservado no trem.

A passagem para uma cabine na primeira classe foi muito cara; porém, ainda sobrara-lhe dinheiro suficiente para fazer a viagem com conforto.

Quanto à volta, o administrador certamente iria se encarregar das despesas de ambos. Em todo caso, se algo desse errado, ela teria que cuidar de si mesma. Portanto seria prudente reservar algum dinheiro. Não poderia haver nada de mais terrível do que se encontrar em um país estrangerio desprecavida de recursos monetários.

O carregador que Aletha contratara descobriu para ela em que vagão ficava sua cabine e acomodou cuidadosamente toda a bagagem.

Sabendo falar francês fluentemente, ela perguntou ao homem a que horas o trem iria fazer a parada para o jantar. Era comum os passageiros descerem para fazer as refeições no restaurante de uma estação.

Gentilmente o carregador deu todas as informações de que Aletha precisava.

Notou, porém, que o homem não escondia sua admiração por ela, apesar do véu e dos óculos escuros, o que a deixou apreensiva.

«Devo ter cuidado», ela pensou.

De forma alguma desejava ver-se envolvida com algum dos passageiros, a não ser com o Sr. Heywood.

Dez minutos depois, o trem partiu de Ostende, e Aletha pensou, exultante, que vencera o terceiro obstáculo. Já não corria perigo de ser mandada para casa humilhada.

A próxima dificuldade seria encontrar o Sr. Heywood. Pelos jornais, ela sabia que os novos trens eram compostos de vagões com corredores e que comunicavam-se entre si. Isto queria dizer que os passageiros podiam mover-se de um compartimento e mesmo de um vagão para outro.

Lembrava-se de ter ouvido o pai comentar que aquela inovação, apesar de prática, tirava a privacidade e a segurança dos passageiros.

—Pode acontecer— o Duque dissera—, que os homens batam no compartimento de senhoras e até entrem ali, o que no mínimo as assustaria. Isto sem contar o quanto facilita a ação de ladrões. Um passageiro pode ser roubado durante o sono, por exemplo.

Durante essa conversa, Aletha havia dito ao pai:

—Os jornais noticiam que os novos trens que percorrem grandes distâncias terão um carro-restaurante e que os passageiros de qualquer vagão terão acesso ao mesmo caminhando pelos corredores.

—Na minha opinião, não será nada agradável, principalmente para as mulheres, fazer uma refeição com o trem em movimento, balançando e sacudindo— fora a resposta do Duque.

Todavia, Aletha pensou, na situação em que se encontrava, seria mais fácil encontrar o Sr. Heywood se aquele trem no qual viajava já fosse do modelo novo, com corredores.

Já que não era assim, ela teria que esperar até a parada na estação em que os passageiros desceriam para fazer sua refeição no restaurante ferroviário.

Tirando o chapéu, acomodou-se confortavelmente na cabine onde teria absoluta privacidade. Seria muito desagradável se tivesse que viajar com outras pessoas.

Ela também havia lido nos jornais sobre a viagem que a Rainha Victoria fizera para a França. Seu vagão particular era composto de uma sala de estar, um quarto e o compartimento para bagagem onde havia um sofá no qual sua aia dormia.

Ao viajar para a Dinamarca, o Duque de Buclington também estava tendo a sua disposição um vagão particular semelhante ao de Sua Majestade. Pensando nisso, Aletha não deixou de sentir uma ponta de inveja.

«Contudo, estou fazendo o que quero, e vivendo esta aventura terei a oportunidade de comprar com o Sr. Heywood cavalos fantásticos que encantarão a Imperatriz quando ela se hospedar em Ling», ela consolou-se.

Interessada na paisagem, ficou algum tempo à janela. Só quando o trem parou para que os passageiros fizessem sua refeição, ela se deu conta de cjue já eram seis horas.

Como ia descer, achou prudente colocar, além do chapéu com o veuzinho, os óculos escuros. Não podia correr riscos.

Olhando-se ao espelho, disse a si mesma que nem seu próprio pai, se a visse, seria capaz de reconhecê-la facilmente.

Na plataforma enfumaçada, um grande número de pessoas, umas esperando viajantes que chegavam, outras querendo embarcar, se mesclava aos carrinhos com bagagem, aos carregadores e aos funcionários do correio transportando malas postais.

Depois de esperar uns poucos minutos, Aletha deixou sua cabine, tendo recomendado ao funcionário encarregado daquele vagão que ficasse atento a sua bagagem enquanto ela ia jantar.

Tendo o homem lhe assegurado que ficasse tranquila, ela agradeceu-lhe em seu perfeito francês parisiense e dirigiu-se para o restaurante.

Entrando no amplo salão, notou que todas as mesas já estavam ocupadas, porém não havia ali nem sinal do Sr.

Heywood, o que a deixou desalentada, achando que ele devia ter voltado para o trem sem ter jantado.

Um homem que se achava sentado à mesa próxima da porta, vendo Aletha olhando para o salão lotado, dirigiu--se a ela em francês:

— Há um lugar aqui, madame.

Com um rápido olhar Aletha notou que ao lado do lugar vago estava o homem que havia falado com ela e à frente dele viu um casal de velhos que supôs serem austríacos.

Embora relutante, ela sentou-se na cadeira vaga, ansiosa por ver logo o Sr. Heywood.

—É sempre difícil acharmos lugar nestes restaurantes ferroviários, a menos que desçamos do trem mal ele acabe de parar— observou o homem que oferecera a Aletha a cadeira ao seu lado.

—Achei que num grande restaurante haveria lugar suficiente para todos— ela respondeu num tom frio.

Pelo modo como o estranho olhava para ela e sorria, deu-se conta de que ele não se deixara enganar pelo disfarce que usava.

No entanto, já dpie o francês estava sendo gentil, ela não tinha motivos para ser indelicada. Então aceitou que ele sugerisse alguns dos pratos do cardápio. Certamente, em questão de comida, ninguém melhor do que um francês para fazer sugestões.

Quanto ao vinho que ele lhe ofereceu, ela recusou.

—Não obrigada—, seu tom foi firme.

—Está cometendo um engano— disse ele—, deve saber que em lugares como este será perigoso tomar água— o francês sorriu para ela—, este vinho vem de uma vinícola famosa e é excelente!

Achando que seria tolice recusar, Aletha aceitou um copo de bebida.

Em poucos minutos ambos foram servidos. O casal de velhos, tendo acabado de comer e de tomar dois grandes canecos dé cerveja, voltou para o trem.

—Agora podemos conversar mais à von tade— disse o francês—, fale-me sobre você, *mademoiselle*. Vejo que apesar de seus horríveis óculos escuros você é uma garota muito bonita.

Aletha retesou-se. Ia responder que não era uma *mademoiselle* quando percebeu que não usava aliança.

Havia pensado em todos os detalhes, porém nem cogitara de colocar no dedo uma aliança. Agora, tendo tirado as luvas para comer* ao francês não passara despercebido seu dedo anular esquerdo desprovido do símbolo do casamento.

Não tendo obtido resposta, o francês inclinou-se e falou mais perto de sua interlocutora:

—Fale-me sobre você. Devo dizer-lhe que desde que a vi achei-a fascinante e, ao mesmo tempo, despertou-me a curiosidade.

—Sou apenas uma viajante, *monsieur,* e estou ansiosa para voltar a minha cabine.

—Não há pressa. O trem não partirá senão em vinte minutos. Gostaria de saber muitas coisas a seu respeito e também deve me dizer o número de sua cabine.

O modo como o francês falou fez Aletha encará-lo indignada. Porém ele já estendera a mão e segurava a dela.

—Não tenho uma cabine; infelizmente não consegui uma. Portanto, por que não me convida para passar a noite na sua?

Cada vez mais indignada, Aletha tentou puxar a mão que o francês segurava, porém ele agarrou-a com força.

—Asseguro-lhe que passaremos momentos felizes juntos— ele murmurou num tom meloso—, e a viagem não será entediante ou monótona.

—A resposta é "não", *monsieur.* Definitivamente "não"!— Aletha disse.

Apesar de ter sido sua intenção falar num tom firme que traduzisse toda a sua indignação, aos próprios ouvidos sua voz soou um tanto débil, quase infantil e úm pouco assustada.

O francês apertou a mão dela.

—Passará momentos felizes comigo. Não vejo a hora de ficarmos a sós para eu poder dizer-lhe o quanto você é linda e como estou vibrando por tê-la encontrado!

O tom determinado do francês deixou-a ainda mais assustada. Ocorreu-lhe que se voltasse imediatamente para o trem o francês a seguiria e talvez ela não conseguisse evitar que ele entrasse à força em sua cabine. Nesse caso ver-se-ia à mercê dele.

Precisava pensar depressa em algo que a livrasse daquele homem atrevido. Veio-lhe à mente que poderia recorrer ao funcionário que ficara encarregado de vigiar sua bagagem.

Porém o francês com certeza faria tudo para impedi-la de recorrer a alguém, ela concluiu com o coração batendo forte em seu peito, e o pânico dominando-a por completo.

O garçom apresentou a conta, mas o francês não soltou amão de Aletha e com a outra mão tirou do bolso duas cédulas, entregando-as ao funcionário do restaurante.

—Quero pagar a minha refeição!— Aletha protestou.

—Não permitirei que faça isso— o francês insistiu.

Ela fez mais uma tentativa para libertar a mão, inutilmente. O atrevido francês mantinha-a firmemente presa à sua.

Assim que recebeu o troco, ele guardou-o no bolso, levantou- se, esperou Aletha fazer o mesmo, sempre lhe segurando a mão.

Ela não se levantou e ficou olhando para o rosto impassível do seu captor, realmente apavorada.

As pessoas estavam saindo do restaurante e se dirigindo para o trem. Aflita, Aletha percebia os minutos passando; teria que se levantar e ir também para sua cabine.

O francês puxou-lhe a mão para fazê-la erguer-se e, não podendo mais resistir, ela pôs-se de pé.

Quando ambos já estavam perto da porta, Aletha viu de relance, vindo do fundo do restaurante, a pessoa que tão ansiosamente procurava.

Teimosamente ficou parada e o francês teve de arrastá-la como se estivesse lidando com uma mula empacada. Porém, como era grande o número de pessoas também querendo sair, ele foi obrigado a parar, esperando diminuir aquele fluxo.

Notando que agora o Sr. Heywood já estava bem perto, Aletha com um forte puxão libertou-se do francês, que ficou surpreso, sem entender bem o que havia acontecido.

Com passos rápidos ela alcançou a plataforma. Empurrando algumas pessoas foi ao encontro do Sr. Heywood.

—Ah, encontrei-o! Finalmente encontrei-o!— ela gritou.

O Sr. Heywood encarou-a na mais completa perplexidade, então exclamou:

—*Lady* Aletha! O que está fazendo aqui?

—Também estou viajando neste trem— ela respondeu—, eu estava... procurando o senhor.

Antes que ela pudesse dar mais explicações, o francês já se achava ao lado dela. Sem ter percebido que Aletha estivera falando com o Sr. Heywood, o mau-caráter segurou-lhe firmemente o braço.

—Vamos!— ele ordenou—, não adianta tentar fugir de mim novamente.

—Suma e me deixe em paz!— Aletha reagiu, cheia de coragem.

Também não era para menos; o francês não era um homem corpulento, ao contrário do Sr. Heywood, que era alto e forte.

Ela segurou o administrador pelo braço e, ativo como era, ele percebeu que algo errado estava acontecendo.

—Quem é este homem?— ele perguntou em inglês—, ele a está importunando?

46

—Sim. Mande-o embora! Por favor... mande-o me deixar em paz!

Não houve necessidade de o Sr. Heywood dizer coisa alguma. O francês evidentemente compreendeu que havia sido derrotado e afastou-se abrindo caminho entre a multidão, logo desaparecendo de vista.

Aletha respirou aliviada.

—Fiquei tão ássustada— ela murmurou num fio de voz.

—Você está aqui sozinha?— o administrador perguntou, atônito—, não compreendo...

—Eu quis fazer esta viagem... já que papai não pôde vir e mandou o senhor... pensei em segui-lo. Não tive qualquer problema até que... esse francês começou a conversar comigo.

—Ora, *lady* Aletha! Devia estar louca quando decidiu fazer esta viagem sozinha! Está viajando numa cabine?

—Sim... consegui uma.

O administrador mantinha-se carrancudo e de fato parecia extremamente zangado.

Os dois foram caminhando, seguindo os últimos passageiros que se apressavam para embarcar. Algumas das portas já se fechavam com ruído.

—Onde fica sua cabine?— o Sr. Heywood perguntou.

Aletha apenas indicou, e o administrador recomendou-lhe:

—Vá para lá e não saia enquanto eu não vier procurá-la. Agora não temos mais tempo. Na próxima parada virei vê-la e então desejo uma explicação completa do que está acontecendo!

O Sr. Heywood já ia afastar-se, porém voltou-se para dizer:

—Creio que seu pai ficaria furioso se soubesse que está aqui, *lady* Aletha.

—Sei disso. Mas eu queria muito fazer esta viagem com o senhor para comprar os excelentes cavalos húngaros... para a Imperatriz .

—Terei que pensar em um meio de mandá-la de volta em segurança. Vou arranjar alguém que possa protegê-la— o administrador disse com uma expressão sombria.

—Não voltarei!— Aletha retrucou—, ocorreu-me uma ideia fantástica e lhe direi do que se trata quando o senhor tiver tempo para me ouvir.

Notando que o administrador continuava carrancudo, ela achou que não era o momento de pedir-lhe que a ajudasse.

Ao chegar à cabine, ela viu ao lado da mesma o funcionário que lhe prometera cuidar de sua bagagem. Ele estava esperando que ela entrasse para então trancar a porta do vagão.

Aletha dirigiu-se ao Sr. Heywood:

—Não se preocupe. Estarei em segurança até a próxima parada, então nos veremos.

Em vez de responder, o Sr. Heywood foi falar com o funcionário. Em seu francês fluente, porém com forte sotaque inglês, ele recomendou ao homem que não permitisse que pessoa alguma se aproximasse daquela cabine.

Ele deu uma gorjeta tão generosa ao funcionário que este ficou espantado. Então, sem voltar a falar com Aletha, dirigiu-se para o próprio compartimento.

Seguindo-o com o olhar, ela viu-o entrar no vagão vizi-nho, o que não deixava de ser irônico. Havia procurado tanto o administrador, e ele viajava tão próximo a ela.

—Boa noite, madame!— o funcionário despediu-se e fechou a porta.

Sentando-se na cama que fora arrumada enquanto ela estivera no restaurante, Aletha mostrava-se apreensiva com a reação do Sr. Heywood.

Naturalmente, ela disse a si mesma, só poderia esperar que ele ficasse zangado. Mas afinal, com zanga ou sem zanga, ele nada poderia fazer. Se voltasse com ela para Ling, não compraria os cavalos para o patrão.

Só lhe restava a alternativa de levá-la consigo. Nesse caso ela veria posto em prática o plano que arquitetara tão cuidadosamente.

Despindo-se, Aletha sentia-se feliz, tivera muita sorte de encontrar o Sr. Heywood exatamente quando havia precisado dele.

Jamais lhe passara pela cabeça que um homem pudesse comportar-se de maneira tão odiosa. O malandro por certo estava tentando conseguir uma cabine sem precisar pagar pela mesma.

Era até bem provável que o mau-caráter, além de estar procurando conforto e uma mulher bonita para divertir-se com ela, também fosse um ladrão. Com horror, Aletha pensou que, se o francês entrasse em sua cabine, ele levaria todo o dinheiro e as jóias que ela trouxera consigo.

Só depois de ter feito todas essas conjecturas ela com-preendeu que o Sr. Heywood tivera mais do que motivo para mostrar-se tão zangado e horrorizado ao saber da sua ideia louca de viajar sozinha.

«Apesar de tudo, estou aqui!», pensou triunfante. «Será impossível, o Sr. Heywood me mandar embora!».

Já vestida com a camisola, Aletha entrou sob as cobertas.

O barulho contínuo das rodas acalmou-a e fê-la adormecer.

Só pela manhã Aletha acordou.

Lembrando-se de que o trem faria uma parada para os passageiros tomarem o desjejum, saltou da cama e ergueu a persiana.

Teria que se trocar depressa, pois o Sr. Heywood logo viria buscá-la.

Por um instante ela ficou olhando a paisagem através da vidraça. O trem estava passando por uma região muito bonita.

A distância erguiam-se altas montanhas, viam-se também florestas e um rio caudaloso cujas águas cintilavam ao sol da manhã.

Aletha gostaria de saber onde estava exatamente, e o que era mais importante, quando chegariam a Viena.

Afastando-se da janela, vestiu-se e, antes de colocar o chapéu, removeu o veuzinho que havia pregado no mesmo.

Também não quis mais saber dos óculos escuros e colocou-os em uma de suas caixas.

Notando que o dia estava claro e o sol brilhante, ela não vestiu o casaco pesado que usara no dia anterior. Indo até o canto onde se achava sua bagagem, tirou de um dos baús um casaco curto enfeitado com pele.

Olhando-se ao espelho, achou-se muito elegante, embora não se visse de corpo inteiro. Seria ótimo se o Sr. Heywood a admirasse, assim que a visse e esquecesse um pouco a zanga da noite anterior.

Aletha usava um vestido muito bem talhado, de acordo com a última moda, tendo um drapeado na parte da frente da saia, o qual era puxado para trás de modo a formar discretas anquinhas.

Ela não ignorava que qualquer mulher que a visse na estação reconheceria que aquele era um modelo exclusivo que só poderia ter vindo de Paris.

O trem não tardou a entrar vagarosamente na estação.

Esperou a vinda do Sr. Heywood cheia de receios.

Era bem provável que ele ainda estivesse zangado. Afinal, ela era filha de um Duque e não ficava bem agir daquela forma, considerada por todos leviana e tão contrária às convenções sociais.

Uma *lady* só poderia fazer uma viagem como aquela devidamente acompanhada de uma *chaperon,* uma criada particular, além, é claro, de um acompanhante de viagem.

De fato, havia sido ousada. Mas estava valendo a pena!

CAPÍTULO III

O Sr. Heywood veio até a cabine de Aletha e levou-a ao restaurante. Ambos caminharam em silêncio.

Só depois de ele ter pedido café e dois pratos de peixe fresco, dirigiu-se a ela:

—Agora, *lady* Aletha, quero saber por que está fazendo esta viagem. Quero que me conte toda a verdade.

—É muito simples. Não fosse a viagem de papai para a Dinamarca, eie estaria fazendo esta viagem e não o senhor; então eu o acompanharia— ela sorriu para o administrador—, porém eu não aceitei ficar sozinha em casa, deixando de viver esta aventura que será comprar e montar magníficos cavalos na Hungria.

—Suponho que seu pai não tem a menor ideia do que você está fazendo. —O tom do Sr. Heywood não era nada conciliador.

—Não, claro que não! Tive o cuidado de esperar que vocês partissem. Depois peguei o próximo trem para Londres e cheguei a Tilbury a tempo de tomar o vapor.

O Sr. Heywood comprimiu os lábios.

—Não me procurou antes receando que eu a mandasse de volta para Ling, não é mesmo?

—Claro. E agora peço-lhe que aceite esta situação e faça o melhor possível para nossa viagem ser bem-sucedida.

—Acredita realménte que eu possa fazer o que me pede?— havia uma indisfarçável irritação na voz do administrador—, você sabe muito bem que precisa de uma *chaperon,* e só Deus sabe como iremos conseguir uma em Viena ou em qualquer outro lugar!

—Não há necessidade de uma *chaperon*— Aletha retorquiu calmamente.

O Sr. Heywood fitou-a sem esconder seu espanto.

—O que está querendo dizer? Ora, *lady* Aletha, você não ignora que, como debutante, sair de casa assim desacompanhada significa ter a reputação arruinada para sempre; basta que seu comportamento venha a ser descoberto.

—Ninguém irá saber que *lady* Aletha Ling está aqui, a não ser que o senhor conte a alguém—, seu tom era desafiador.

O Sr. Heywood encarou-a parecendo confuso, e ela explicou-lhe:

—De agora em diante passarei a ser "Srta. Aletha Link", sua neta!

Foi tão grande o espanto do Sr. Heywood que ele emudeceu. Depois de um instante deu uma boa risada.

—Não acredito no que acabei de ouvir!— ele disse—, isto não pode estar acontecendo!

—Deve considerar que esta será uma explicação mais do que plausível para a minha presença. Quem na Hungria sabe se o senhor tem ou não uma neta? É mais do que certo que ninguém irá imaginar que eu seja a filha do Duque de Buclington.

—Então é esta a história absurda que inventou?

—Não é assim tão absurda como está pensando— Aletha respondeu com certa petulância—, tudo o que o Duque de Buclington solicitou ao senhor foi que lhe comprasse alguns cavalos na Hungria. E quem neste país irá dar importância ao fato de o representante de Sua Alteza chegar acompanhado de uma esposa, uma filha ou neta?

Sempre atenta às reações do administrador, Aletha notou que seu olhar ganhou um novo brilho. Ocorreu-lhe que o Sr. Heywood era um homem conservado e atraente para sua idade, por isso talvez tivesse se surpreendido quando ela lhe sugeriu que poderia passar por sua neta.

Afinal ele respondeu:

—Sua ideia não deixa de ser original, *lady* Aletha.

—*Aletha*— ela corrigiu-o. "*Lady* Aletha" deixará de existir ássim que atravessarmos a fronteira da Áustria e depois da Hungria.

—Suponho que você esteja usando seu próprio passaporte.

Sim, estou. Acha que não convém usar meu nome verdadeiro? Se for assim, poderei alterar "Ling" para "Link" e *"lady"* para "Srta."

—Não será preciso, além de ser arriscado. Vamos esperar que os homens da fronteira não fiquem impressionados com uma bela visitante a ponto de guardarem seu nome e mais tarde falarem sobre a chegada dela no país.

Ao ouvir essa resposta, Aletha sentiu o coração leve. Sabia que o Sr. Heywood concordara com o que ela havia sugerido. Ao mesmo tempo reconhecia que o bom homem se vira sem outra alternativa.

Inclinando-se sobre a mesa à qual ambos se achavam sentados, sozinhos, ela pediu-lhe com suavidade:

—Por favor, só quero que me deixe apreciar e montar os belos cavalos que irá comprar para papai. Não estou interessada em festas ou outra coisa. Acredito que o senhor também não esteja.

Em Ling o Sr. Heywood era tratado com consideração, e do Duque de Buclington merecia tratamento de *gentleman*; no entanto, para estrangeiros ele seria apenas o empregado do Duque e como tal seria tratado.

Naturalmente, o fiel administrador não estava esperando que lhe oferecessem recepções ou que o apresentassem a pessoas importantes ou mesmo familiares daqueles com quem ele pretendia negociar.

Portanto, ele disse a Aletha com simplicidade:

—Está bem. Ao mesmo tempo, você achará desinteressante passar por minha neta, uma vez que será tratada sem os privilégios e deferências aos quais está acostumada.

—Para mim não fará diferença, desde que possa apreciar os cavalos. Devo confessar-lhe que a Hungria é o país que tenho ansiado por conhecer!

—Só espero que não se desaponte!—, agora o tom do Sr. Heywood foi seco— também não se esqueça de que ao regressarmos à Inglaterra haverá o "dia do acerto de contas" com seu pai.

—Suponho que estaremos de volta antes que papai retorne da Dinamarca.

—E se não for assim?

—Nesse caso ele ficará furioso, naturalmente— ela admitiu—, contudo tenho certeza de que ele não vai querer que alguém saiba desta minha aventura "escandalosa" que causará comentários capazes de arruinarem a minha reputação.

O Sr. Heywood não conteve uma risada descontraída.

—Você é incorrigível! Porém devo admitir que foi muito esperta e pensou cada detalhe. Falando francamente, cheguei a pensar em ter eu mesmo que levá-la de volta à Inglaterra.

—Iria arriscar-se a chegar a Ling sem os cavalos? Imagine a decepção e a raiva de papai se não pudesse apresentar à Imperatriz a surpresa na qual ele pôs tanto empenho!

Pelo silêncio e pela expressão do Sr. Heywood, Aletha soube que havia vencido a batalha, o que significava ter ultrapassado o quarto obstáculo.

Feliz consigo mesma, ela terminou o desjejum, e voltou para sua cabine acompanhada do Sr. Heywood. A cama já havia sido desarmada pelo funcionário que cuidava daquele vagão.

Aletha e o administrador sentaram-se num banco estofado e conversaram durante algum tempo. Ele, avisou-a de que na próxima parada desceriam para o almoço.

—Quanto tempo ficaremos em Viena?— ela quis saber.

—Uma noite apenas. Seu pai recomendou-me que fosse ver o diretor da Escola Espanhola de Equitação. Ali são utilizados, além de inúmeros cavalos húngaros, os fantásticos animais da Coudelaria Imperial Austríaca, de Lippiza.

—Oh, quero vê-los!— Aletha exclamou sem conter seu entusiasmo.

—Creio que será arriscado. O diretor conhece o Duque muito bem e, como sem dúvida escreverá a Sua Alteza dizendo que recebeu minha visita, por certo a mencionará também.

Aletha suspirou.

—É uma pena perder esta oportunidade que certamente seria maravilhosa.

—Sei disso. Contudo, para não tornar as coisas piores do que já estão, você deverá me deixar decidir o que vai ser melhor para nós dois.

—Está bem!— ela exclamou com um sorriso—, muito obri-gada por estar sendo tão amável, reconheço que eu não merecia tanta bondade de sua parte.

—Não é bem assim. Mas confesso que ainda estou horrorizado só de pensar que você se envolveu numa situação que ainda poderá ter conseqüências desagradáveis.

—Está receando que eu não tenha permissão de fazer o meu *début!* Também pode ser que meu castigo seja ficar trabalhando nas cachoeiras, em Ling, e com os cavalos de corrida em Newmarket até que todos se esqueçam de mim.

—É claro que isto não acontecerá. Bem, *lady* Aletha, agora, por favor, não se esqueça de que estará viajando num país de homens muito românticos e fáceis de se impressionar com uma jovem tão linda como você.

—Sempre ouvi falar sobre os húngaros dessa forma—
Aletha concordou.

—Nesse caso, você deve se concentrar apenas nos cavalos, no que dirão sobre eles, sem dar atenção ao que lhe
digam sobre suá própria pessoa.

—Agora está sendo indelicado— ela protestou—, é
claro que desejo ouvir que sou bonita. Como mamãe foi
uma mulher lindíssima, cresci receosa de que alguém ao
menos olhasse para mim.

—Sua mãe foi mesmo a mulher mais linda que já
conheci. E, por falar nela, tenho certeza de que a Duque
sa ficaria horrorizada se soubesse como sua filha está se
comportando.

Notando que o Sr. Heywood falara na Duquesa com
certa emoção na voz, Aletha fitou-o, surpresa. Então,
impulsivamente, perguntou-lhe:

—Você amava mamãe?

A pergunta deixou o administrador atônito.

—Não devia perguntar uma coisa dessas, *lady* Aletha— ele sorriu— creio que todo homem que conheceu
a Duquesa de Buclington a amou— o Sr. Heywood admitiu—, ela não era apenas linda, mas também encantadora,
bondosa e compreensiva! Todos a procuravam para falar
sobre seus problemas.

—É uma pena que não a tenhamos mais conosco.
Sinto tanto a sua falta. Seria maravilhoso poder ir a Londres para meu *début* com mamãe. Em vez disso, irei com
vovó. E o pior é que quando o reumatismo a ataca ela fica
táo irritada e de mau humor...

—Não pense nisso. Tenho certeza de que sua temporada em Londres será muito mais agradável do que está imaginando. Mas deve compreender que, para seu próprio bem e em atenção a sua mãe e ao nome de seu pai, você terá de confiar em mim e me deixar protegê-la para que não seja envolvida em situações desagradáveis como a de ontem à noite.

—Jamais imaginei que um estranho se comportasse daquela maneira abominável! Se ele conseguisse ir até minha cabine como pretendia, poderia... querer me beijar... e até tentar me roubar. Oh, seria horrível!

O Sr. Heywood concluiu que, em sua inocência, Aletha não se dera conta do que aconteceria na verdade. Porém não tinha a menor intenção de explicar-lhe aquele tipo de coisa.

—Esqueça o que aconteceu ontem à noite! Preocupe-se apenas para que incidente semelhante jamais volte a acontecer. Basta de agora em diante ficar ao meu lado e trate de não agir por conta própria— disse veemente.

—Certamente, vovô!— Aletha respondeu com um ar travesso.

Só à noite eles chegaram em Viena e foram para um elegante hotel, ainda novo, inaugurado há apenas dois anos.

Tratava-se do Sacher Hotel, que, além da imponência do prédio, já granjeara a fama de ter a melhor cozinha de Viena.

O Sr. Heywood já havia reservado um quarto de solteiro, mas pediu que os acomodassem numa luxuosa suíte, o que Aletha adorou.

Tendo comido muito pouco no restaurante ferroviário por não ter apreciado a comida do mesmo, sentia-se faminta. O Sr. Heywood desceu com ela as escadas e foram para o luxuoso salão de jantar.

Aletha olhou ao redor, maravilhada. Só se hospedara em hotel uma vez, numa das viagens que fizera à França com o pai.

Por um instante ela ficou fascinada admirando as mesas elegantes iluminadas com velas, os garçons passando apressados para atender com presteza e atenção os fregueses bem vestidos.

O Sr. Heywood em traje de noite estava quase tão elegante quanto seu pai, pensou satisfeita. Ela também usava um lindo vestido novo e sentia-se trajada à altura daquele ambiente requintado.

Ambos consultaram o cardápio, longo e detalhado, para fazerem seus pedidos. O Sr. Heywood pediu também uma garrafa de vinho.

—Imagino que você vai me dizer que já tem idade suficiente para tomar vinho!— ele observou.

—Claro que tenho! Sou adulta e, além disso, papai e mamãe já há vários anos me permitiam tomar champanhe pelo Natal e em aniversários.

—É difícil para mim vê-la como adulta. Conheço-a desde bebezinho e a vi crescer, tornar-se uma garotinha encantadora...

—Depois passei por um período horrível. Eu me achava tão sem graça e desajeitada— Aletha falou com honestidade—, essa ocasião eu costumava rezar para tornar-me tão bela quanto mamãe.

60

—Não vou lhe dizer que suas preces foram atendidas. Deixarei os elogios para os cavalheiros com quem dançar nos bailes aos quais irá em Londres.

Subitamente Aletha lembrou-se de que um desses cavalheiros seria escolhido pelo Duque para ser seu futuro genro. Este pensamento fê-la estremecer.

Prometeu-se, então, que aproveitaria ao máxima aquela viagem. Estava sozinha e não teria que se preocupar em dar atenção a um cavalheiro que a pediria em casamento apenas porque ela era digna de figurar em sua árvore genealógica.

Naquele instante o Sr. Heywood falava sobre o passado, quando ele era mais jovem. Falou sobre fatos ocorridos na época e como era a sociedade de então.

O assunto passou para a mãe de Aletha. O administrador contou que ela era tão linda que, assim que foi apresentada à sociedade, causou a maior sensação em Londres. Mais tarde, ao se casar com o Duque de Buclington, conquistou todos em Ling.

—Por que nunca se casou, Sr. Heywood?— Aletha perguntou ao fim do jantar.

A seu ver, muitas mulheres certamente teriam-no achado um homem muito atraente. Porém o Sr. Heywood não deu resposta alguma, e ela voltou a perguntar:

—Teria sido por causa de mamãe?

—Em parte, sim— ele admitiu—, porém, quando eu era moço, preferi divertir-me em Londres e não pensei em me unir a ninguém pelos laços do matrimônio.

—Pelo que já ouvi falar a seu respeito, imagino que tudo o que desejava era vencer corridas e mais corridas com seus cavalos!

—Realmente ganhei muitas corridas com alguns cavalos excepcionais. Então, como você deve saber, ocorreu o desastre.

—Como pôde vir a perder todo o seu dinheiro?

—Perdi-o facilmente. Porém não desejo falar sobre esse assunto.

—Tem razão, claro!— Aletha disse, compreensiva—, continue o que estava me contando.

—Seu avô ofereceu-me o emprego de administrador de seu haras e mais tarde continuei a trabalhar para seu pai.

Havia algo no tom de voz do Sr. Heywood que dizia a Aletha que ele, apesar de gostar muito de seu emprego, bem no fundo se ressentia de precisar trabalhar para os outros, quando poderia ter sua propriedade e seus próprios negócios.

—Tenho certeza de que mamãe compreendia o que o senhor sentia— ela observou como se pensasse em voz alta.

—A Duquesa sempre foi uma mulher encantadora e, como já lhe disse, ela era amada por todos. Contudo, para ela só um homem existia, seu marido.

—Papai também só pensava nela. Agora que ele está tão sozinho fico feliz ao vê-lo entusiasmado pela Imperatriz.

—Tem razão. Por isso teremos que nos empenhar e escolher para ele os cavalos mais espetaculares que houver e que possam eclipar os que a Imperatriz possui.

—É exatamente o que vamos fazer!— Aletha exclamou batendo palmas.

Ambos deixaram o salão de jantar e se dirigiram
para a sala de estar da suíte que ambos ocupavam. O Sr.
Heywood comunicou a Aletha que pela manhã iria ver o
diretor da Escola Espanhola de Equitação.

—Você terá de ficar aqui e está proibida de sair
enquanto não voltar— ele falou num tom autoritário.

—Mas eu quero conhecer um pouco da cidade antes
de deixarmos Viena!

—Terá tempo de fazer isso depois do almoço. Nosso
trem partirá para Budapeste às dez da noite.

—Terá de me prometer que voltará depressa para o
hotel. Não quero me sentir como se estivesse numa gaiola!
Se me sentir assim, serei bem capaz de sair voando pela
janela!

—Prometo que minha visita ao diretor da escola
será breve— o Sr. Heywood disse, rindo—, boa noite,
Aletha!

Aletha também sorriu e ficou contente porque ele a
chamara pelo nome simplesmente.

—Você é o mais adorável e belo avô que qualquer
jovem poderia desejar possuir!— ela disse carinhosamente.

—Está me lisonjeando! Falando desse jeito, me faz
suspeitar de que você esteja querendo obter alguma coisa.

Aletha riu. Indo para o seu quarto, disse a si mesma
que até que enfim conseguira convencer o Sr. Heywood a
fazer tudo o que ela desejava.

Na manhã seguinte, já vestida, Aletha não escondia sua
aflição por ter que ficar sozinha na suíte do hotel.

Pelo menos podia ficar à janela. Já que a suíte ficava ao canto do prédio, era-lhe possível olhar em duas direções.

Lá fora, pessoas caminhavam nas calçadas, carruagens subiam e desciam as ruas e o sol radioso parecia colorir tudo de dourado.

Meninos assobiavam valsas de Johann Strauss. Como ela poderia estar em Viena e não ouvir a música que arrebatara não apenas Londres, mas todos os outros lugares?

Ocorreu-lhe que logo voltaria para Londres e dançaria ao som de valsas. No mesmo instante, porém, pensou que talvez só pudesse valsar com os pretendentes que o pai já teria selecionado.

Uma sombra, toldou-lhe o olhar.

«Como poderei fazer papai compreender que não quero me casar com homem algum, a não ser que esteja apaixonada?».

Não havia resposta para tal pergunta.

Aquele pensamento deixou-a melancólica. Felizmente o Sr. Heywood não tardou a voltar e, ao vê-lo entrando, Aletha deu um grito de alegria e correu ao encontro dele.

—Conseguiu o que queria?

—Sim. O diretor deu-me uma carta de apresentação dirigida ao homem que cuida das cocheiras imperiais, em Budapeste.

—Acha que ele saberá onde nós poderemos encontrar os mais admiráveis cavalos que possam existir?

—Tenho certeza disso! E agora, já que se comportou tão bem, Aletha, vamos fazer um passeio pelas ruas de Viena em uma carruagem aberta, antes do almoço.

Mais do-que depressa Aletha pegou o chapéu e ao descer a escada sentia que os pés tinham asas.

Uma carruagem luxuosa puxada por dois cavalos brancos já se achava esperando por eles à frente do hotel.

Durante o passeio, Aletha vibrou com tudo que viu: os altos prédios, as fontes, as pontes sobre o rio e, finalmente, a grande Catedral de Santo Estêvão.

—Posso entrar na Catedral ?— ela perguntou.

—Claro!

O cocheiro recebeu ordens para parar, e o Sr. Heywood acompanhou Aletha. Ambos entraram na Igreja onde os vienenses louvavam a Deus havia tantos séculos.

No interior da Catedral sentia-se o incenso. Velas ardiam em todas as capelas e diante de cada imagem repousada sobre um pedestal.

Havia ali uma forte vibração que convidava à prece.

Ficando de joelhos, Aletha queria orar com fervor para encontrar aquilo que buscava.

Desejava casar-se com um homem que a amasse por ela mesma e não pela sua posição de filha do Duque de Buclington.

Sua oração veio do fundo dr alma. Sem saber explicar como, ela teve certeza de que sua prece seria atendida.

Era quase como se alguém, talvez sua mãe, lhe assegurasse que tudo iria dar certo e que ela seria muito feliz; não corria perigo de ser empurrada para um matrimônio sem amor.

Ao contrário, não tardaria a encontrar o "Príncipe de seus Sonhos".

Levantando-se, Aletha foi até a imagem mais próxima, colocou uma moeda numa caixa em frente à mesma e acendeu uma vela, lembrando-se do que ouvira da mãe quando criança: a chama de uma vela ajudava a levar a oração dos fiéis ao céu.

Deixando a grande vela que havia escolhido acesa diante da imagem do santo, ela foi ao encontro do Sr. Heywood, que a esperava à entrada da Catedral .

Aletha não tinha consciência disso, porém trazia no rosto uma expressão radiosa, como se uma luz brilhasse em seu interior. Com a mais, Sr. Heywood e ambos tomaram a carruagem para voltar ao hotel.

O trem que saía de Viena para Budapeste não era tão confortável quanto aquele que Aletha e o Sr. Heywood haviam tomado em Ostende.

O administrador conseguiu para ambos compartimentos vizinhos e, com uma boa gorjeta dada ao encarregado daquele vagão, assegurou a total atenção do funcionário.

Duas horas depois da partida do trem houve uma parada para os passageiros irem ao restaurante.

Aletha comeu muito pouco, não só porque a comida não era das melhores, mas também porque não tinha fome.

O almoço servido no hotel havia sido excelente, e antes de partir ela se deliciara com um pedaço do saboroso bolo Sacher, cuja receita era secreta e exclusiva do famoso hotel.

Ficara sabendo que a receita fora criada por um Sacher, filho do dono do hotel, quando contava apenas dezesseis anos de idade.

Durante a refeição, a conversa acabou versando sobre os cavalos que pretendiam comprar.

—O que faremos, se não encontrarmos cavalos tão fantásticos como os que temos em mente?— Aletha perguntou a certa altura.

—Não correremos esse perigo— o Sr. Heywood respondeu—, ao contrário, o problema estará em examinarmos cavalos tão extraordinários que teremos von tade de comprar centenas deles e não os oito ou dez que Sua Alteza encomendou.

—Se quisermos testar todos os que nos mostrarem, ainda estaremos na Hungria cavalgando quando a temporada de caça começar.

O Sr. Heywood riu.

—É verdade, e seu pai não ficaria nada satisfeito com nossa demora!

—Céus! É muito importante chegarmos à Inglaterra antes que papai regresse da Dinamarca.

—Para seu próprio bem, isto tem de acontecer.

Ao regressarem ao trem, eles encontraram suas camas devidamente arrumadas.

Na manhã seguinte chegaram a Budapeste. Aletha ficou maravilhada com a estação do leste da cidade que tinha o nome de Keleri Pu. Parecia haver ali algo mágico.

—Keleri Pu é uma das maiores e mais grandiosas estações ferroviárias da Europa— o Sr. Heywood explicou-lhe.

—Acho curioso como as pessoas de certos países procuram se empenhar em construir estações assim grandiosas. Talvez eles tenham ficado muito impressionados com a era do trem.

—Têm toda razão de se entusiasmarem com uma invenção tão fabulosa como a locomotiva a vapor. Pense no tempo que ganharíamos para vir de Londres até Budapeste viajando de carruagem!

Aletha riu.

—Tem toda razão.

Assim que deixou a estação, ela ficou fascinada pela beleza da cidade. Nenhum lugar que já havia visitado antes tinha aquela atmosfera de contos de fada. Seguindo na carruagem pelas ruas bem cuidadas, ao lado do Sr. Heywood, Aletha não se cansava de admirar as grandes torres e os Palácio s.

Notou em várias casas alguma influência da arquitetura mou- risca. As ricas Igreja s eram verdadeiras jóias dos estilos gótico e barroco.

Ao notar que a carruagem começava a subir por uma rua sinuosa, Aletha indagou:

—Para onde estamos indo?

—Antes de irmos para o hotel, vamos ao Palácio Real. Lá veremos o cavalheiro a quem o diretor da escola espanhola de equitação, dirigiu a carta de apresentação que trago comigo.

No alto da colina, Aletha viu o Palácio com suas numerosas colunas e a grande cúpula delineada contra o azul do céu.

—Como é majestoso!— ela exclamou—, haveria alguma possibilidade de a Imperatriz se encontrar no Palácio no momento?

Desapontada, viu o Sr. Heywood negar com a cabeça.

Ao chegarem ao Palácio, ela ficou impressionada com o imenso pátio à frente do mesmo, onde havia uma fonte de mármore artisticamente esculpida e uma colossal estátua equestre.

—O cavaleiro é o Príncepe Eugene de Savoy, que lutou contra os turcos no final do Século XVII— o Sr. Heywood explicou, vendo Aletha, mostrar-se muito interessada na estátua.

Ela continuou a olhar para aquela obra de arte e, enquanto admirava o Príncepe, elegante e intrépido em sua magnífica montaria, não deixou de pensar que era exatamente daquela maneira que imaginava ser um cavaleiro húngaro.

Do pátio tinha-se uma vista privilegiada da cidade dividida pelo rio Danúbio. Estava tão agradável ficar ali que Aletha não se importou, quando o Sr. Heywood lhe sugeriu:

—Você ficará segura na carruagem enquanto entro no Palácio para tentar encontrar o cavalheiro que pretendo consultar.

O administrador afastou-se, e Aletha viu-o desaparecer por uma porta guardada por sentinelas de ambos os lados.

Ela permaneceu então por algum tempo em levada, admirando a paisagem. Aletha desceu da carruagem. Primeiro aproximou-se da linda fonte que arremessava para o alto jatos d'água que se tornavam iridescentes à luz do sol e caíam «obre as pedras e as estátuas que adornavam a bacia de mármore.

O pátio era todo cercado por uma balaustrada, e Aletha foi até ela. Dali do alto, olhando os barcos movendo-se lentamente nas águas do Danúbio, murmurou involuntariamente:

—Pode haver algo mais lindo do que isso? Era exatamente o que eu estava pensando!— disse uma voz vinda do lado dela.

Aletha surpreendeu-se e, ao virar, deparou com um homem de pé a seu lado. Notando que havia algo de diferente no cavalheiro, além de seu garbo e elegância, deduziu que devia ser húngaro.

Ele dirigiu-se a ela em inglês, porém com um leve sotaque. Percebendo o ar de surpresa com que Aletha o olhava, ele acrescentou:

—Assim que a vi, cheguei a pensar que tinha diante de mim uma das sílfides do Danúbio, sobre as quais sempre ouvi falar mas até este instante não me havia sido concedido o dom de ver uma delas.

Aletha riu.

—Bem que eu gostaria de ser uma sílfide. Mas, falando seriamente, não pode haver vista mais linda do que esta. Quanto ao Palácio, é deslumbrante!

—Temos orgulho de nossos Palácio s e mais ainda de nossos cavalos!

—Cavalos? Viemos à Hungria para ver alguns deles.

—Mas não os encontrarão aqui em Budapeste — o húngaro asseverou.

—Sei disso. Meu... avô está no Palácio , no momento, à procura de uma pessoa que nos informará onde poderemos encontrar os mais magníficos puros-sangues húngaros.

—Por que esse interesse por cavalos húngaros?

Diante de tantas perguntas, Aletha ficou um tanto alarmada e lembrou-se de que não devia se aproximar de estranhos. E muito menos correr o risco de falar demais. Virou a cabeça e voltou a fitar o rio lá embaixo. Chamou--lhe a atenção um barco que, com suas velas enfunadas, descia majestosamente o Danúbio.

—Perdoe-me se lhe pareço tão curioso— o húngaro se apressou em desculpar-se—, o entanto deve compreender que não deixa de ser surpreendente encontrar uma sílfide inglesa diante deste Palácio e interessada em cavalos húngaros.

O modo como o cavalheiro falou soou tão engraçado que Aletha não conteve o riso.

—De fato tem razão— ela concordou.

—Espero que não fique desapontada quando for inspecionar nossos animais.

—Tenho certeza de que isto não acontecerá...

Ao dar está resposta, Aletha ia dizer mais alguma coisa, porém ouviu o som das rodas de uma carruagem e dos cascos de cavalos. Virando-se, viu uma luxuosa carruagem aberta se aproximando.

Conduzia o veículo um cocheiro usando elegante e vistosa libré, as brisas e demais partes de metal dos arreios e dos ornamentos dos animais eram em prata e reluziam ao sol. Sentada na carruagem estava uma mulher de rara beleza, trajada com incomparável elegância e segurando um pequeno guarda-sol sobre a cabeça.

Seus olhos escuros tinham muito brilho; as plumas de seu chapéu eram alegremente agitadas pela brisa. Com a mão enluva- da ela acenou para o húngaro, que em resposta inclinou-se num gesto cortês.

Dirigindo-se a Aletha ele disse:

—Espero ter o prazer de revê-la algum dia. Tenho certeza de que efetuará bons negócios em meu país.

—Também acredito que será assim — ela respondeu.

Ele afastou-se e, seguindo-o com o olhar, Aletha notou-lhe o porte de atleta e supôs que ali estava um excelente cavaleiro.

Assim que o homem chegou perto da carruagem, o criado saltou depressa de seu banquinho e foi abrir a porta para ele, que agilmente sentou-se ao lado de uma *lady* com o guarda-sol. Esta estendeu-lhe a mão e ele a beijou. Aletha virou-se, sentindo que não devia estar olhando para o casal. Deliberadamente voltou o olhar para os barcos deslizando no Danúbio, sabendo pelo barulho que a carruagem se afastava. Em seguida, ela passou a examinar o Palácio e, pouco tempo depois, viu o Sr. Heywood saindo do edifício. Ele foi ao encontro dela, mostrando-se surpreso por não vê-la na carruagem.

—O cavalheiro que o senhor procurava deu-lhe as informações sobre os cavalos?— Aletha perguntou ansiosa. Sim, e também me deu uma carta de apresentação para cada um dos homens com quem negociaremos.

—Esplêndido! Aonde vamos em primeiro lugar?

—Nossa primeira visita será ao Castelo do Barão Otto von Sicardsburg.

—Ele deve ser alemão— ela observou, arqueando as sobrancelhas.

—De fato, é alemão e casou-se com uma Princesa húngara. É possuidor de uma fortuna imensa.

—Será que tem bons cavalos?

—Asseguraram-me que são fantásticos. Felizmente para nós, já que temos pouco tempo, o Castelo do Barão fica relativamente perto do Palácio dos Estérházy, também possuidores de alguns dos mais excelentes puros-sangues de toda a Hungria.

Aletha sorriu.

—Iremos para o Castelo do Barão imediatamente?

—Sim. Não há necessidade de irmos para o hotel. Tomaremos o trem para Gyor em seguida.

A carruagem afastou-se do Palácio a caminho da estação e o Sr. Heywood admoestou Aletha:

—Você esteve andando pelo pátio do Palácio; sabia que não se pode fazer isso a não ser com autorização?

—Tal coisa nem me passou pela mente! Eu não sabia que era proibido!

—É de admirar que não a tivessem censurado pela transgressão.

Aletha pensou no cavalheiro húngaro; este não lhe parecera interessado em reprová-la. Na verdade, o que vira nos olhos dele havia sido apenas uma grande admiração, coisa que jamais notara no olhar de outro homem. Seria ele um aristocrata?

Estava bem de acordo com ele aquela luxuosa carruagem puxada por soberbos cavalos na qual partira acompanhando a linda e elegante *lady*.

«Quem sabe foi exatamente por eu estar fazendo algo proibido que o cavalheiro húngaro procurou falar comigo. Ele deve ter ficado curioso e <^uis saber o motivo de eu estar ali, sozinha», Aletha pensou.

Agora pelo menos teria a lembrança daquele cavalheiro que lhe dirigira a palavra, que a havia admirado e que a achara parecida com uma sílfide.

Porém não iria contar ao Sr. Heywood que havia conversado com um estranho. Seria prudente guardar isso apenas para si, bem como a breve conversa que ambos haviam mantido.

CAPÍTULO IV

Na estação, Aletha e o Sr. Heywood tomaram o trem para Gyor, uma cidade antiga e fascinante, com casas de todos os períodos e algumas belas Igreja s, localizada na província de Sopron.

O Sr. Heywood alugou uma carruagem para levá--los ao Castelo do Barão Otto von Sicardsburg que ficava fora da cidade, porém pouco antes do Palácio do Príncepe Jozsel Estérházy, a quem visitariam depois do Barão.

Fora do perímetro urbano, Aletha exultou com a paisagem campestre. Olhava ao redor, com grande entusiasmo, observando o grande número de cavalos soltos nos campos, achou-os magníficos e diferentes dos que o pai possuía. Certamente aqueles animais deviam ser fogosos, fazendo jus à fama dos cavalos daquele país.

—Fale-me primeiro sobre o Barão e mais tarde sobre o Príncepe para eu não fazer confusão com as duas famílias— Aletha pediu.

—O Príncepe Estérházy ficaria ofendidase a ouvisse— observou o Sr. Heywood—, ele é um dos aristocratas mais importantes da Hungria e tem muito Orgulho de sua linhagem e de sua herança.

—E o Barão ?

—Meu informante, o cavalheiro com quem estive no Palácio Real, não me falou sobre ele com grande entusiasmo. Deduzi que o Barão não é benquisto, mas certamente isto se deve ao preconceito dos húngaros sobre estrangeiros.

—Confesso que eu particularmente preferiria tratar de negócios com um húngaro.

—Eu também— o Sr. Heywood concordou—, considero os alemães difíceis, especialmente quando negociamos com eles.

—Vamos esperar para ver; quem sabe não teremos que ficar muito tempo no Castelo do Barão.

Contudo, ao entrar na propriedade do Barão von Sicardsburg, Aletha ficou impressionada com o que viu além dos suntuosos portões.

Depois do longo caminho de entrada, muito bem cuidado, erguia-se o imponente Castelo, obviamente antiqüíssimo, com suas janelas arqueadas que lhe conferiam um estilo pitoresco.

A construção tinha um encanto inquestionável e diferia completamente da dos Castelos ingleses.

Como a magnífica edificação ficava no topo de uma colina, o caminho de acesso era bem íngreme. Porém, quando a carruagem chegou ao alto da colina, a vista que se tinha dali era algo de prender a respiração.

As três grandes torres quadrangulares, de topo achatado, do Castelo eram uma indicação de que o mesmo havia sido no passado uma fortaleza usada para a defesa da região, quando a Hungria estava frequentemente em guerra.

Os visitantes chegaram a um pátio e a carruagem parou por completo. O Sr. Heywood desceu do veículo para ir explicar ao criado que se achava à porta, em serviço, qual a finalidade daquela visita.

O cocheiro recebeu ordens de transportar os visitantes para as cocheiras, na parte de trás do Castelo.

Ao atravessar o pátio, Aletha notou que aquele local não era tão antigo quanto o Castelo e ali dominava o primoroso estilo barroco.

Separada das cocheiras havia uma casa também construída num período bem posterior ao do Castelo .

O Sr. Heywood entregou a carta de apresentação a um criado e foi imediatamente conduzido, junto com Aletha, a uma sala de estar onde um senhor de meia idade, de nome Hamoir Kovaks, os recebeu.

O Sr. Heywood explicou em um inglês sofrível que era o encarregado dos cavalos de Sua Senhoria, o Barão.

O Sr. Heywood descobriu que o francês do Sr. Kovaks era mais fluente e passaram a conversar nesse idioma enquanto tomavam vinho húngaro de Tokay. Aletha, que sempre havia associado esse vinho ao encanto e romantismo da Hungria, experimentou-o, achando-o delicioso.

A conversa sobre os cavalos transcorreu num clima agradável; o Sr. Kovaks assegurou ao Sr. Heywood que tinha belos animais, porém ambos acharam que já estava tarde para irem vê-los.

Os visitantes foram levados para seus quartos, onde se prepararam para o jantar. Ao descerem encontraram a Sra. Kovaks esperando por eles.

Ela era uma senhora agradável, de constituição robusta e traços bonitos, o que indicava que devia ter sido uma bela mulher quando mais jovem.

Porém, sendo obviamente uma senhora acostumada a ser subserviente à classe aristocrática, mostrou-se muito tímida diante dos hóspedes estrangeiros, o que tornou a conversação difícil durante o jantar.

Foi com satisfação que Aletha se retirou para seu quarto. Na manhã seguinte, ela e o Sr. Heywood foram para as cocheiras bem cedo, antes do desjejum.

Embora os cavalos fossem, ao ver de Aletha, belos animais, ela não se admirou com as cocheiras e as baias. As de Ling eram muito superiores àquelas.

A inspeção, porém, foi rápida. Só depois do desjejum o Sr. Kovaks levou os compradores em perspectiva para o campo a fim de montarem os cavalos que quisessem, levados por vários cavalariços.

Foi uma experiência emocionante para Aletha montar animais tão bons. Todavia, ela teve a impressão de que o Sr. Heywood não parecia tão satisfeito como era de esperar. Na verdade, ele apârentava um certo ar de desapontamento.

A impressão dela se confirmou quando, voltando para a casa do Sr. Kovaks, ele segredou-lhe:

—Bons cavalos, contudo não são excelentes como queremos!

—Acha que conseguiremos outros melhores?— Aletha perguntou.

—Tenho plena certeza disso. Mas iremos testar outros animais daqui a pouco.

Meia hora depois, cerca de vinte cavalos descansados esta- vam separados no grande pátio à frente das cocheiras.

Aletha ia caminhando para o pátio, cheia de interesse, quando viu um homem vindo do Castelo, e logo compreendeu que aquele era o Barão.

Ele tinha de fato o tipo físico de um alemão, porém era bem mais jovem do que ela havia imaginado e também muito bonito. Sua altura era superior a um metro e oitenta e seu andar, inequivocamente afetado.

Ele cumprimentou o Sr. Heywood com condescendência.

—Soube que o senhor foi enviado pelo Duque de Buclington— ele disse—, naturalmente terei grande prazer em vender a Sua Alteza qualquer um dos cavalos que lhe agrade.

Só então ele voltou-se e viu Aletha. Era evidente a surpresa em seus olhos.

—Quem é esta jovem?

—É a minha neta. Ela está viajando comigo— o Sr. Heywood explicou parecendo não muito à vontade.

—Faço questão de que sua neta monte um dos meus mais fantásticos cavalos! Vou acompanhá-los. Pode ser que

Kovaks não esteja chamando a atenção de vocês para os melhores pontos de meus magníficos animais!

O modo do Barão falar soou rude, porém o Sr. Kovaks simplesmente inclinou-se com humildade:

—Faço o que posso, amo!

—Espero que sim!— o Barão retrucou.

Dirigindo-se a Aletha, ele mudou de tom:

—Vou trocar-me. Quando voltar, estarei pronto para ver com meus próprios olhos se a sua habilidade como amazona é tão extraordinária quanto a sua beleza!

Certamente ele acabava de fazer um elogio a Aletha, porém o modo familiar como ele falou fê-la erguer a cabeça com altivez.

Poucos minutos depois o Barão voltava usando um traje de montaria e fez o maior estardalhaço para escolher o animal que iria montar.

Afinal, escolhido o cavalo, ele reclamou de tudo, a cilha estava frouxa, os estribos curtos demais. Aquela exibição de autoridade irritou Aletha.

Ocorreu-lhe que seu pai detestaria fazer negócio com um homem como o Barão. Finalmente ele deu ordens para o encarregado ficar no pátio o Sr. Heywood e a neta cavalgariam ao lado dele e alguns cavalariços os seguiriam conduzindo os demais cavalos que iriam sen testados.

Eles cavalgaram durante algum tempo no mesmo lugar escolhido pelo Sr. Kovaks na parte da manhãs

Depois de algumas voltas pelo campo, o Barão sugeriu que o Sr. Heywood trocasse seu cavalo para testar outro.

—Monte um outro animal para saltar aquelas cercas— ao falar ele indicou os obstáculos em questão—, não ficará desapontado com o desempenho de qualquer um dos meus cavalos.

O Sr. Heywood escolheu outro cavalo, e Aletha perguntou ao Barão:

—Posso saltar com o meu avô?

—Não. Os obstáculos são altos demais para uma mulher!— ele falou com firmeza.

Aletha ia argumentar, porém achou que seria prudente ficar calada.

Tão logo o Sr. Heywood partiu, o Barão conduziu seu cavalo para bem perto do de Aletha e disse:

—Agora, minha linda *lady,* fale-me sobre você.

O modo insinuante como ele dirigiu-se a Aletha deixou-a nervosa. Então tocou o chicote no lombo do animal que montava e afastou-se. Mas o Barão a seguiu.

—Você monta divinamente e é uma jovem adorável — ele falava num inglês correto, porém com forte sotaque alemão.

—Há tantas coisas interessantes que tenho para lhe dizer...

—Estou ouvindo, Barão— Aletha respondeu num tom glacial.

Ela havia parado e estava olhando o Sr. Heywood ultrapassar a primeira cerca com brilhantismo e dirigir-se para as outras.

—Minha esposa não está no astelo— o Barão estava dizendo—, sinto-me tão solitário. A propósito, eu gostaria de lhe mostrar o Castelo. Você vai adorar conhecê-lo.

—Tenho certeza de que é mesmo maravilhoso, porém receio que meu avô tenha pouco tempo. Ficaremos poucos dias na Hungria.

—Seu avô é quem vai comprar os cavalos e não você, por isso a levarei esta tarde para ver o meu Castelo.

Aletha ia protestar, mas logo reconheceu que poderia ser perigoso antagonizar-se com o Barão . Então decidiu que iria pedir ao Sr. Heywood para dizer que precisaria da opinião dela para decidir que cavalos iriam levar.

—Qual é o seu nome?

—Aletha.

—Um lindo nome. Tão lindo quanto seus olhos e, claro, quanto seus lábios— ele estava bem próximo de Aletha e segurou-lhe a mão—, vamos nos conhecer melhor quando estivermos no Castelo.

A maneira cúpida como o Barão falou fez Aletha fustigar o cavalo que montava. Afastando-se, ela dirigiu-se para as cercas que o Sr. Heywood já transpusera.

O Barão deu um grito que ela fingiu não ouvir. Com grande estilo saltou a primeira cerca, tendo o cavalo passado algumas polegadas acima da mesma.

O coração de Aletha batia acelerado devido à emoção da atividade esportiva.

A segunda cerca também foi ultrapassada com perícia.

Porém ao transpor a terceira o cavalo quase caiu; ela, entretanto, conseguiu mantê-lo de pé e firmou-se na sela.

O Sr. Heywood já se achava bem distante dela; Aletha forçou a montaria a ir a galope e alcançou-o.

—Por que me seguiu?— ele quis saber—, estes obstáculos são difíceis para você, principalmente por estar montando um cavalo estranho.

—Aqui estou sã e salva!— ela falou alegremente—, na verdade eu estava fugindo do Barão .

—O que foi que ele andou lhe dizendo?

—Ele esteve o tempo todo me elogiando e me cansei disso— Aletha disse de modo evasivo.

Ambos voltaram para o ponto de partida, porém evitarám as cercas.

—Todo o problema reside no fato de você ter feito esta viagem sem ter uma *chaperon.*

—Estou perfeitamente bem em sua companhia— ela falou suavemente, de modo a tranquilizá-lo.

Imediatamente Aletha arrependeu-se de ter contado que o ba-rão havia sido tão familiar com ela. Agora o Sr. Heywood seria bem capaz de comprar alguns cavalos ali mesmo e querer voltar para Ling sem ter ido ver os do Príncepe Estérházy.

—O que achou dos cavalos?— ela perguntou apenas para mudar de assunto—, vai comprar alguns? Achei que este que está montando transpôs a primeira cerca admiravelmente!

—Admito que há alguns cavalos magníficos. Só receio que o Barão, sabendo que o Duque de Buclington é um homem de grande fortuna, queira por eles uma soma exorbitante.

Quando ambos voltaram, o Barão os esperava todo sorrisos.

—Nunca vi meus cavalos saltarem assim tão admira-velmente!— ele disse—, certamente isso se deve ao cava-leiro e à amazona, que se mostraram admiráveis.

O Barão fitou Aletha enquanto falou, porém ela desviou o olhar.

Ela e o Sr. Heywood montaram mais três animais e voltaram para as cocheiras. O Barão insistiu com eles para que fossem almoçar no Castelo.

O Sr. Heywood achou melhor aceitar o convite.

O Castelo era sem dúvida majestoso. Seus cômodos enormes tinham o forro em arco, e a lareira que havia em cada um deles era tão grande que se podia queimar ali o tronco inteiro de uma árvore.

O salão de banquetes onde o almoço foi servido podia acomodar facilmente cinqüenta pessoas sentadas.

Aletha achou que, para eles três, aquela mesa enorme era uma ostentação desnecessária, assim como o número exagerado de criados com suas librés vistosas e com excesso de enfeites.

A mobília do salão de banquetes era feia e pesada. Nas paredes havia quadros que não despertaram a atenção ou o interesse de Aletha.

Terminado o almoço, o anfitrião conduziu-os a um outro salão, também grande, com mobília luxuosa, porém de mau gosto,

O Barão saiu por um momento e ao voltar comunicou:

—Como estou sozinho no Castelo e aprecio muito a companhia de ambos,.dei ordens para trazerem a bagagem de vocês da casa dos Kovaks para cá. Ficarei honrado de tê-los como meus hóspedes esta noite.

Obviamente ele falava sem tirar os olhos de Aletha. O Sr. Heywood comprimiu os lábios. Seria embaraçoso recusar a hospitalidade do Barão, então disse:

—É muita atenção da parte de Vossa Senhoria. Contudo teremos de partir amanhã bem cedo. Pretendemos ir também à coudelaria do Príncepe Jozsel Estérházy.

—Ora, não irá encontrar lá nada melhor do que lhe posso arranjar!— o Barão objetou, quase rudemente.

—Receio não poder suspender a visita ao Príncepe. Ele já se encontra a nossa espera— o Sr. Heywood argumentou—, porém estou interessado em comprar quatro dos seus cavalos, Barão .

—Certamente o Duque não estará com certeza interessado, em quatro cavalos apenas!— o Barão replicou.

—Bem, tudo é uma questão de preço.

Não estando interessada em negócios, Aletha ergueu-se e foi até a janela.

A vista dali era deslumbrante. Todavia ela teve a desconfortável sensação de que o Barão, embora discutisse com o Sr. Heywood o preço dos cavalos, estava com os olhos fixos nela. Quase podia senti-los queimando-lhe as costas.

Veio-lhe uma von tade súbita de insistir com o Sr. Heywood para que partissem ainda naquela tarde. Porém logo tranqüilizou-se. Não havia necessidade de ficar apreensiva.

Com o Sr. Heywood no Castelo, o que o Barão poderia fazer? No máximo ele lhe dirigiria outros elogios.

Os três voltaram às cocheiras. O Barão insistiu para o Sr. Heywood experimentar mais alguns cavalos antes de fazer sua decisão final.

Quanto a Aletha, ele tentou persuadi-la de que havia cavalgado demais para um dia apenas. Ele gostaria de mostrar-lhe os jardins do Castelo e depois o interior do mesmo.

Com firmeza ela deixou bem claro que estava interessada apenas em cavalos. Como o Sr. Heywood apoiou tudo o que Aletha disse, o Barão viu seu estratagema cair por terra.

Finalmente todos voltaram para o Castelo a fim de se prepararem para o jantar.

Com um ar de orgulho, o próprio Barão conduziu-os aos quartos que iriam ocupar, como se esperasse deixar os hóspedes impressionados com a grandiosidade do seu Castelo .

Os cômodos eram grandes e mobiliados com gosto e pomposidade tipicamente alemães.

O anfitrião mostrou em primeiro lugar os aposentos de Aletha e depois seguiu com o Sr. Heywood pelo corredor, até aquele que o hóspede iria ocupar. Uma criada estava à espera de Aletha, e esta notou que sua bagagem já havia sido desfeita. Um banheira também fora trazida para o aposento, e um banho quente e perfumado esperava por ela.

Depois do banho, já vestida, Aletha imaginou que o Sr. Heywood certamente não tardaria a vir chamá-la. Nesse instante ouviu uma batida à porta. A criada foi atender.

De fato era o Sr. Heywood. Ele falou com a criada bem devagar para ela compreender; disse-lhe que desejava falar com a neta a sós.

A criada saiu fechando a porta, e ele foi ao encontro de Aletha, que se levantou do banco onde se achava, à frente do toucador.

—Sinto muito o que está acontecendo— ele disse em voz baixa.

—Refere-se ao fato de termos vindo para o Castelo?

—Refiro-me ao fato de aquele alemão não tirar os olhos de você.

—Felizmente partiremos amanhã; por favor, não me deixe a sós com o Barão

—Farei isso, e você deve trancar sua porta e certificar--se de que não há outro acesso a este quarto.

Aletha olhou para o Sr. Heywood sem esconder seu espanto.

—Está insinuando que ele…?

—Não confio nele!

—Mas nunca imaginei... nunca me passou pela cabeça que um cavalheiro seria capaz de...

—Sim, eu sei. Agora você começa a compreender por que não deveria ter vindo sem uma *chaperon*.

—Não estou desacompanhada! Tenho a sua companhia!

—Para o Barão , sou apenas um empregado, embora de escalão superior. Não duvido que ele não seja capaz de pôr alguma droga em meu leite ou mandar um criado me golpear na cabeça para me deixar inconsciente!

—Falando assim... você me deixa assustada!— Aletha observou com horror—, suponha que o Barão consiga, de alguma forma, entrar em meu quarto e... tente me beijar...

—Tenho uma ideia e a poremos em prática se você concordar com a mesma.

Ela olhou com atenção para o Sr. Heywood, que lhe explicou:

—Depois que você se recolher, quando tivermos terminado o jantar, troque-se e, assim que a sua criada deixar o quarto, vá para o meu, que fica a duas portas depois deste, descendo o corredor. Trocaremos de aposentos. Pode ficar tranqüila que ninguém a perturbará durante a noite...

—É uma ideia brilhante!— Aletha exclamou juntando as mãos— mas... será que o Barão não ficará desconfiado de nada?

—Já me certifiquei de que ele dorme na imensa suíte principal do Castelo , a qual certamente faz jus ao seu egocentrismo.

—Então trocaremos de quarto. Mas, e se ele vier a este quarto e, não me encontrando, for ao seu, Sr. Heywood?

—Se ele entrar aqui, não irá mais a lugar algum! Derrubo-o com um soco! Posso estar ficando velho, *lady* Aletha, porém ainda sou capaz de lidar com salafrários do tipo do Barão!— o Sr. Heywood falou com uma nota serena na voz.

—Obrigada. O senhor é maravilhoso! Sinto muito por estar lhe causando todo este aborrecimento e tanta preocupação.

Para sua surpresa, o Sr. Heywood riu.

—Às vezes há alguma desvantagem em ser tão linda! Espero que as experiências desagradáveis desta viagem lhe tenham servido de lições inesquecíveis.

—No futuro usarei armadura e trarei comigo um punhal!

—Pelo menos você tem senso de humor— ele observou com um sorriso maroto—, bem, agora vamos enfrentar a fera. Teremos que ficar atentos às armadilhas.

Ambos desceram a escada e ao chegarem ao salão o Barão já os esperava, elegantemente vestido em seu traje de noite.

Aletha observou-o, sempre evitando-lhe o olhar, e notou que o anfitrião tinha uma bela aparência.

Polidamente ele deu-lhe o braço para conduzi-la para o salão de jantar, o que ela não teve como recusar.

—Você me deixa louco— o Barão sussurrou-lhe ao ouvido e colocou a mão sobre a dela, apertando-a.

Sem dar qualquer resposta, Aletha continuou a caminhar bem ereta, olhando sempre para a frente.

No amplo salão a mesa estava posta com esmero e um requinte sem igual. Os pratos eram de ouro e os copos, também desse precioso metal, eram incrustados com pedras preciosas.

Foi servido um farto jantar, porém Aletha achou a comida um tanto pesada.

O Barão conversou bastante, mas dirigiu-se à hóspede, ignorando deliberadamente o Sr. Heywood. Contudo recebeu de Aletha, em resposta, apenas monossílabos.

Tudo o que o anfitrião falava soava de maneira afetada e dizia respeito a sua própria pessoa. Ele discorreu sobre sua importância na Hungria, sobre os conselhos que costumava dar ao imperador e sobre a casa que estava restaurando e redeco- rando em Budapeste.

Chegava a ser nauseante e cansativo ouvir alguém jactar-se daquela forma, mostrando tanta falta de tato e egocentrismo.

Pouco depois de os três terem voltado ao salão, Aletha ia dizer que se sentia cansada e iria recolher-se quando o mordomo entrou no salão e dirigiu-se ao Barão:

—*Herr* Kovaks deseja falar com o Sr. Heywood, *Herr* Barão.

—Talvez ele possa esperar que eu vá vê-lo amanhã— o Sr. Heywood sugeriu.

—*Herr* Kovaks se encontra no hall, *mein Herr,* e diz que é muito importante— o mordomo explicou.

Diante disso, o Sr. Heywood levantou-se, embora relutante, para seguir o mordomo. Aletha também ergueu-se e desculpou-se diante do anfitrião:

—Sei que Vossa Senhoria compreenderá se eu subir agora para meus aposentos. Sinto-me realmente muito cansada.

Sim, claro, deve fazer isso. Mas primeiro desejo mostrar-lhe o presente que tenho para você. Enquanto isso seu avô conversa com *Herr* Kovaks.

Indo até uma mesinha, o Barão pegou um pequeno embrulho, enquanto, sem ter outra alternativa, o Sr. Heywood deixava o salão.

Assim que a porta se fechou, vendo-se a sós com Aletha, o Barão disse:

—Você é lindíssima, Aletha! Quero que aceite este presente que será o primeiro dos muitos que espero vir a lhe oferecer.

—É muita bondade de sua parte, mas eu não quero presente algum.

—Abra-o!— Não era um pedido. Era uma ordem.

Desfazendo o laço, Aletha desembrulhou uma caixa comprida dentro da qual estava um estojo de veludo. Ao abri-lo, ela viu, atônita, uma pulseira estreita, toda de diamantes.

Notando o espanto de sua hóspede, o Barão murmurou:

—Compreenda que isto é uma pequena demonstração de quanto você me atrai. Mais tarde desejo falar-lhe sobre tudo o que sinto por você.

Com um grito sufocante Aletha fechou o estojo de veludo, deixou-o sobre a mesa e agradeceu, nervosa:

—Muito obrigada, mas Vossa Senhoria deve compreender que, se mamãe vivesse, não me permitiria aceitar um presente caro como esse de um homem... especialmente em se tratando de um estranho.

O Barão limitou-se a sorrir.

—Não serei um estranho para você durante muito tempo. Saiba que tenho muito mais do que um simples bracelete para lhe oferecer, minha doçura!

Ele aproximou-se tanto que chegou a colocar o braço ao redor da cintura de Aletha, que, ligeira, afastou-se e, antes que o Barão conseguisse impedi-la, correu até a porta.

—Boa noite, *Herr* Barão — ela despediu-se e seguiu apressada para o hall onde o Sr. Heywood se achava conversando com o Sr. Kovaks.

Veio à mente de Aletha que fora o próprio Barão quem havia forçado aquela conversa entre o Sr. Heywood e seu serviçal para ficar sozinho com ela.

—Vou para o meu quarto, vovô— ela disse, indo para a imponente escadaria.

Olhando para ela, o Sr. Heywood logo soube por sua expressão e tom de voz que algo desagradável havia acontecido. Seu primeiro impulso foi despedir-se do Sr. Kovaks e segui-la, porém mudou de ideia.

Continuou a conversar calmamente até o Barão vir reunir-se a eles instantes depois. Chegando ao seu quarto, Aletha despiu-se ajudada pela criada e vestiu sua camisola. Ela recomendou à serviçal que a chamasse bem cedo pela manhã e entrou sob as cobertas.

Assim que a mulher saiu, Aletha levantou-se, vestiu seu lindo *négligé* que se achava sobre a cadeira e calçou chinelos macios que não faziam qualquer barulho quando ela caminhava.

Chegando à porta, elà ouviu sons. O Barão e o Sr. Heywood iam passando pelo corredor falando sobre cavalos. Sempre atenta, ela teve certeza de que os dois haviam entrado em seus aposentos.

Olhando para a fechadura da porta, notou que ali não havia chave alguma. Ocorreu-lhe que o Sr. Heywood estava certo ao supor que o Barão pretendia vir ao quarto dela durante a noite.

Com um estremecimento e uma sensação de asco, ela imaginou como seria terrível se ele tentasse beijá-la ou se a tocasse.

Felizmente havia sido prevenida. Não fosse o Sr. Heywood alertá-la, jamais iria imaginar que um nobre pudesse comportar- se de maneira tão vergonhosa, principalmente na própria casa e com uma hóspede.

Com certa impaciência Aletha esperou reinar silêncio naquela ala antes de ir para o quarto do Sr. Heywood como ficara combinado.

Não poderia arriscar-se a ir para lá e encontrar o valete que o Barão providenciara para seu hóspede.

Havia também o perigo de ela encontrar pelo caminho um dos vigias da noite, encarregado de apagar quase todas as velas, deixando apenas algumas arandelas acesas, o que bastaria para haver uma fraca luminosidade nos corredores. Os minutos pareceram se arrastar como se fossem horas.

Afinal ela ouviu dois homens passando pela sua porta e conversando em voz baixa; deviam ser, ela pensou, o valete do próprio Barão e o criado que fora providenciado para atender o hóspede.

Esperando mais um pouco, Aletha abriu a porta e espiou; tudo estava calmo, mas havia pouca claridade no corredor.

Fechando a porta, ela correu até o quarto do Sr. Heywood. Encontrando a porta entreaberta, entrou depressa no aposento onde ele já a esperava.

Vendo-o naquele robe comprido, Aletha achou-o ainda mais alto, dando-lhe a sensação de estar em segurança junto dele.

—Meu quarto não tem chave!— ela sussurrou ao chegar perto do Sr. Heywood.

—Para mim não é surpresa— ele respondeu, zangado—, bem, este quarto tem chave e eu já verifiquei que não há como entrar aqui senão pela porta de entrada. Vou sair, tranque-a imediatamente.

—Mas, e se ele entrar aqui com uma chave sobressalente?— ela perguntou, amedrontada.

—Se isto acontecer, grite! Estarei atento— o Sr. Heywood sorriu para ela.

—Estou acostumado a dormir com um olho aberto e o outro fechado, sempre que estou cuidando de um cavalo doente.

—Nesse caso fico mais tranqüila e se precisar gritar, o farei com toda a força de meus pulmões.

O Sr. Heywood pôs a mão sobre o ombro dela.

—Não se preocupe. Saberei lidar com o Barão. Partiremos pela manhã, bem cedo.

—Obrigada! Muito obrigada! Espero que papai jamais venha saber desta minha aventura; mas, se souber, ele também lhe ficará muito grato.

—Agora vou para seu quarto; tranque a porta.

Aletha obedeceu e entrou sob as cobertas na grande cama de casal. Receando que alguma coisa pudesse acontecer, apesar de todos os cuidados, ela deixou as velas acesas.

Deitada, tendo os olhos fechados, ela fez uma prece de agradecimento a Deus por poder contar com uma pessoa tão bondosa como o Sr. Heywood. Por outro lado, o Barão era um homem repugnante. Jamais imaginara encontrar alguém como ele na Hungria. O cavalheiro que havia encontrado no pátio do Palácio, junto à balaustrada, era tão diferente!

Ele a havia elogiado, isso era verdade, porém nada dissera que lhe soasse vulgar ou repugnante, como acontecera com as palavras ditas pelo Barão.

Bem no íntimo ela ficara satisfeita com o que ouvira, o húngaro a comparara a uma sílfide. Entretanto, apesar de ele tê-la olhado com admiração, não vira nesse olhar concupiscência alguma, tampouco qualquer familiaridade ou algo que a deixasse amedrontada.

«Será que voltarei a vê-lo algum dia?», Aletha indagou a si mesma, melancólica.

Mesmo que jamais voltasse a encontrar aquele cavalheiro, nunca esqueceria seu porte altivo, seu belo rosto, seu encanto e suas maneiras aristocráticas.

Seria com base nesse protótipo que ela julgaria os outros homens, no futuro.

Isso valia para os cavalheiros que viesse a conhecer em Londres, e claro, para seu futuro marido!

CAPÍTULO V

Aletha tomou o café da manhã em seu quarto, o qual lhe foi servido graças às providências tomadas pelo Sr. Heywood.

Toda süa bagagem foi arrumada e ao descer ela já o encontrou a sua espera no hall e, sem dizer nada, conduziu-a pela porta da frente até a carruagem arranjada pelo Sr. Hamoir Kovaks, puxada por quatro cavalos.

Aletha teve a impressão de que o Barão nem estava sabendo da partida deles àquela hora da manhã.

Ela subiu na carruagem e esperou o Sr. Heywood ir dar uma boa gorjeta aos criados.

Ainda não eram oito e meia quando a carruagem partiu. Não havia qualquer sinal do Barão .

Sem conter sua curiosidade, Aletha perguntou:

—O que aconteceu ontem à noite? O Barão apareceu no quarto?

O Sr. Heywood acomodou-se confortavelmente no assento estofado e respondeu:

—Foi uma ótima ideia nós trocarmos de quartos. Como eu já esperava, o Barão entrou naquele em que eu me encontrava.

—O que ele fez quando o viu ali?

—Sua surpresa foi enorme!— O Sr. Heywood sorriu—, a minha von tade foi esmurrá-lo até que ficasse inconsciente; talvez isso o ensinasse a se comportar com dignidade. Entretanto, receando que ele pudesse por vingança falar mal de você. e a história acabar chegando à Inglaterra, me controlei.

—Ela ficou meio desapontada porque o Barão não teve o que merecia. Ao mesmo tempo reconheceu que fora melhor assim, principalmente porque, sendo o Sr. Heywood muito mais velho do que seu oponente, poderia não levar a melhor e sair machucado se resolvesse lutar.

—O que fez então?— ela perguntou.

Com os olhos brilhando, o Sr. Heywood contou o que havia acontecido:

—Assim que ouvi o Barão entrando no quarto, fingi estar dormindo, para fazer de conta que acordava sobressaltado ao me dar conta de alguém ao lado de minha cama. A expressão de espanto no rosto do mal sucedido invasor, foi impagável!

—Posso imaginar como ele ficou atônito!— Aletha murmurou.

—Eu havia deixado duas velas acesas e, quando vi o Barão, exclamei: "Oh, perdoe-me, *Herr* Barão , por ter deixado as velas acesas! Adormeci sem tê-las apagado. Vossa Senhoria, felizmente, notou isso e fez muito bem de ter vindo até aqui! Só posso me desculpar mais uma vez pela minha falta de cuidado. Afinal, velas acesas num quarto são um perigo!".

Aletha não conteve uma boa risada.

—Sua Senhoria deve ter ficado desorientado!

—Certamente! Sua resposta, depois de um momento, foi: "Não seja tão descuidado da próxima vez!" Depois dirigiu-se para a porta e, não se contendo, perguntou antes de sair: "Por que sua neta trocou de quarto?"

—Ele teve o desplante de perguntar-lhe isso? E qual foi sua resposta, Sr. Heywood?

—Fiz questão de olhar fixamente para ele e disse: "Minha neta ficou com medo de dormir aqui quando viu que este quarto não tinha chave na fechadura. Antes de deixarmos a Inglaterra, o Duque nos recomendou que tivéssemos o cuidado de trancar cuidadosamente a porta de nossos quartos sempre que estivéssemos num hotel ou mesmo em casas, num país estrangeiro. Era natural que Aletha se lembrasse dessa recomendação de Sua Alteza, não acha, *Herr* Barão ?

Mais uma vez Aletha riu.

—O quê ele disse ao ouvir sua explicação?

—Não ouvi bem o que ele murmurou, irritado, antes de sair do quarto. Assim que ele se foi, fiquei atento e tive certeza de que Sua Senhoria voltou para seus aposentos. Em todo caso, por precaução, deixei a porta do quarto entreaberta para poder ouvir você me chamar caso houvesse algum problema.

—Oh, obrigada! Muito obrigada!

—Tnha de pensar em algo!

—Sem dúvida o senhor foi muito esperto! O Barão é...
um homem horrível e espero que tenha aprendido uma
boa lição, pois também demonstrou muita diplomacia,
Sr. Heywood, providenciando nossa partida sem que
tivéssemos o desprazer de um novo encontro com Sua
Senhoria.

—Achei que você iria pensar assim. E, de agora em
diante, certifique-se de que há uma chave na fechadura de
seu quarto, e antes de se deitar tranque a porta.

—Tenho a certeza de que na Inglaterra, não aconte-
cem coisas como essa, não lhe parece?— Aletha observou
com inocência. Um meio sorriso revelador do seu ceticismo se esboçou nos lábios do Sr. Heywood, porém ele
permaneceu calado para não desiludi-la.

O assunto sobre o Barão foi encerrado para ceder lugar
à conversa sobre o Palácio do Príncepe Estérházy.

—A viagem até o Palácio vai ser longa, por isso vamos
almoçar no caminho; chegaremos lá pouco depois do
almoço— o Sr. Heywood comunicou.

—Estou ansiosa para conhecer o Palácio— Aletha
murmurou.

—Conhecido como "magnífico", o Palácio foi cons-
truído no Século XVIII por Miklós Estérházy. O suntuoso
Palácio ficou conhecido na Europa como "o Versalhes da
Hungria".

—Ele ganhou esse cognome por sua beleza e
grandiosidade?

—Não apenas por isso. Além de ser realmente magnífico, o Palácio vivia num clima de festa. Miklós Estérházy,
era muito criativo e organizava recepções fabulosas, que

sempre contavam com a presença da Imperatriz Maria-
-Théresa. Mas o dono do Palácio, não se mostrava satisfeito. Queria mais esplendor ainda.

—O que mais Miklós Estérházy poderia desejar? Imagine que ele mandou construir seu próprio teatro lírico!
A sua orquestra particular, foi organizada e dirigida pelo
próprio Franz Joseph Haydn.

—Que maravilha!

—Depois foi construído um teatro de marione-
tes para o qual trazia todo tipo de divertimento que
pudesse atrair para Fertod todas as pessoas mais famosas
do mundo.

—Mal posso esperar para conhecer esse fabuloso Palácio!— Aletha exclamou.

—Acredito que atualmente ele não seja tão sensacional
como no passado e não se esqueça de que estamos indo
para lá interessados nos cavalos que o Príncepe possa ter
para nos apresentar— o Sr. Heywood ponderou.

—Não me esquecerei disso!

Notando que o Sr. Heywood manteve-se calado por
algum tempo, Aletha ficou apreensiva, receando que ele
talvez tivesse mais alguma coisa para dizer a ela e hesitasse
em fazê-lo. Intrigada, ela ficou imaginando o que poderia
ser.

Afinal ele falou:

—Você quis fazer esta viagem e me seguiu; também
combinamos de nos apresentar como avô e neta. Portanto,
não vá estranhar quando a tratarem de modo diferente ao
qual está acostumada.

—É claro que não espero ser tratada como a filha do Duque de Buclington.

—Sempre ouvi dizer que os húngaros são orgulhosos e muito cônscios da própria importância. Estou alertando você para que não se sinta ofendida ao ser tratada da mesma forma que eu. Afinal sou apenas um empregado de seu pai.

—Compreendo. Mas, se as pessoas tiverem um pouco de inteligência ou pelo menos alguma percepção, por certo se darão conta de que o senhor é um cavalheiro e que eu, se minha aparência não lhes disser nada, sou pelo menos uma *lady.*

O modo veemente de Aletha falar provocou o riso do Sr. Heywood.

—As pessoas são inclinadas a tratar seus semelhantes levando em consideração os "rótulos" que lhes são apresentados. Ninguém se dá ao trabalho de usar a própria sensibilidade para ver como as pçssoas são realmente. Porém, de uma coisa você pode ter certeza, *lady* Aletha, os cavalos não têm essa consciência de classe social e não levam em conta os falsos valores!

Ambos riram e Aletha passou a se interessar pela beleza da paisagem campestre. A carruagem ia vencendo a distância, passando por montanhas, ribeirões, riachos e campos floridos. Estes não podiam estar mais lindos, assim inteiramente cobertos de flores silvestres, lembrando naquele colorido vivo e naquela variedade de matizes um imenso tapete oriental.

A parada para o almoço foi feita numa pequena aldeia onde as mulheres usavam trajes típicos da região.

A comida, embora simples e caseira, era saborosa.

Tendo esquecido o desagradável Barão, Aletha começou a apreciar realmente aquela terra encantada que sempre excitara sua imaginação.

Os aldeões pareciam felizes e cantavam enquanto rea-
lizavam as mais diversas tarefas.

—É natural que a Imperatriz Elizabeth ame este país
e ache tão agradável ficar aqui. Como os húngaros amam
tudo o que é belo, por certo também a amam!— Aletha
observou.

—Eles a *adoram*, esta é mesmo a palavra certa— o Sr.
Heywood corrigiu-a—, a Imperatriz vem para cá sempre
que pode escapar do protocolo rígido e da vida entediante
da Corte, em Viena.

—Quando ela for visitar-nos em Ling, vamos nos
empenhar em deixá-la muito feliz — Aletha disse com
suavidade.

—E nós encontraremos os cavalos excelentes que
estamos procurando quando chegarmos ao Palácio dos
Estérházy— o administrador afirmou, demonstrando sua
convicção.

—Quantos cavalos foram comprados ao Barão ?

—Apenas dois, e comprei-os, somente para não deixar
Kovaks se sentindo um fracassado.

—Foi muita bondade sua.

No começo da tarde eles chegaram a Fertod. Ao ver
o enorme portão de ferro todo trabalhado e o primoroso
Palácio, Aletha constatou que o que estava vendo superava
suas expectativas mais fantasiosas.

Construído bem de acordo com a arquitetura húngara, o Palácio tinha uma torre quadrangular bem alta ao centro do mesmo, as janelas tinham a padieira arqueada e os relevos, acima das mesmas eram um trabalho artístico notável.

As estátuas que adornavam o teto e as que se achavam sobre as colunas que sustentavam o pórtico faziam lembrar o estilo Luís XVI.

O Sr. Heywood deixou Aletha na carruagem e, descendo da mesma, foi apresentar suas credenciais a um dos criados que se achava em seu posto, no interior do prédio. Enquanto esperava, Aletha ficou embevecida admirando os jardins bem projetados com suas três fontes e muitas estátuas.

Havia flores em toda parte, nos canteiros, nos arbustos e nas árvores.

O sol emprestava mais brilho, vida e colorido àquele cenário que se descortinava diante dos olhos maravilhados da jovem *lady* recém-chegada.

Uma brisa suave movimentava as hastes e ramagens e fazia dançar as águas das fontes. Aletha deixou-se estar ali, fascinada, como se assistisse a um balé encantado, num teatro mágico.

Pouco depois, olhou para o Palácio e viu um homem saindo pela porta da frente e supôs que se tratasse do Sr. Heywood.

Porém, para sua grande surpresa, constatou que aquele era o húngaro que havia falado com ela no pátio do Palácio Real de Budapeste.

Obviamente ele ia cavalgar, pois levava um chicote na mão. Seu chapéu de copa alta se achava elegantemente colocado meio de lado, sobre os cabelos negros.

Notando a carruagem puxada por quatro cavalos ali parada, olhou casualmente para o veículo, só então viu Aletha.

Por um instante foi tão grande seu espanto que ele ficou imóvel. Depois de alguns segundos, ele caminhou na direção dela.

—Será mesmo verdade que estou vendo você?— ele indagou numa voz que ainda revelava sua surpresa—, receio estar sonhando!

O húngaro falou em inglês e Aletha respondeu:

—Eu lhe disse que meu avô e eu estávamos interessados em comprar cavalos húngaros.

—Nesse caso vocês vieram até aqui para ver os meus... ou, mais exatamente, os de meu pai.

—Eu nem. fazia a menor ideia de que queriam comprar os meus cavalos!

Olhando para o lugar vazio ao lado de Aletha, ele perguntou:

—Se não está sozinha, para onde foi seu avô?

—Ele entrou no Palácio . Foi apresentar suas credenciais e explicar a razão de estarmos aqui.

Saiba que estou encantado com esta surpresa! É a coisamais adorável que me acontece em muitos anos! Bem, que tal se nos apresentássemos?

—Sou Aletha Lin...

Por um momento ela esqueceu-se de que estava se fazendo passar por outra pessoa e imediatamente corrigiu seu sobrenome para "Link". Por pouco não se traíra.

O húngaro curvou-se.

—Encantado em conhecê-la, Srta. Link— ele respondeu com os olhos brilhando— sou Miklós Estérházy, o filho primogênito do Príncepe Jozsel.

—Sinto não poder fazer-lhe uma mesura estando sentada, Alteza!— Aletha desculpou-se.

O Príncepe riu e abriu a porta da carruagem.

—Vamos ao encontro de seu avô— ele convidou-a—, assim saberemos que providências estão sendo tomadas.

Embora achasse que seria melhor esperar na carruagem, uma vez que o Sr. Heywood poderia aparecer e ambos talvez tivessem que ir a outra casa, como havia acontecido no Castelo do Barão, Aletha não resistiu à tentação de entrar no Palácio para ver ainda que fosse apenas uma pequena parte do seu interior.

O Príncepe Miklós estendeu-lhe a mão para ajudá-la a descer do veículo.

No interior do Palácio ela constatou imediatamente que ele era tão maravilhoso quanto por fora.

Notava-se ali a influência francesa, o que tornava tudo gracioso, ao contrário do Castelo do Barão , onde o estilo era pesado e de mau gosto.

No hall diversos criados se achavam em serviço.

—Creio que seu avô deve estar com Héviz, a pessoa que cuida dos cavalos— o Príncepe Miklós disse enquanto conduzia a visitante por um longo corredor—, pode acreditar que Héviz está contando maravilhas sobre nossos puros-sangues, antes mesmo de seu avô ter a oportunidade de julgá-los por si próprio.

Ele abriu uma porta e ambos entraram num cômodo que não parecia um escritório comum e sim o gabinete de um secretário de Estado ou de um Ministro.

Ali havia mapas nas paredes e, empilhadas a um canto, estavam várias pastas de metal, de segurança, para o despacho de documentos importantes.

O Príncepe não se enganara. O Sr. Heywood se achava sentado diante de uma escrivaninha à qual estava um homem tentando se fazer compreender num inglês ruim e gestos com as mãos.

Os dois se ergueram à entrada do Príncepe e de Aletha. Esta apressou-se em explicar ao Sr. Heywood:

—Esqueci-me de lhe dizer, vovô, que eu já havia falado com o Príncepe Miklós quando esperava pelo senhor no pátio do Palácio Real— ela sorriu e disse—, naturalmente eu não fazia ideia de quem ele poderia ser, tampouco que o encontraria aqui!

O Sr. Heywood estendeu a mão.

—É uma grande honra conhecer Vossa Alteza!

—E eu estou encantado porque o interésse de ambos por cavalos trouxe-os até Fertod!

O Príncepe dirigiu-se então ao outro homem:

—Tenho certeza de que você já conseguiu vender ao cavalheiro pelo menos uma dúzia de cavalos, antes mesmo de permitir-lhe que os examine!

—Espero que sim, Alteza!— foi a resposta de Héviz.

—Estou indo para as cavalariças— o Príncepe comunicou—, vocês poderiam me acompanhar.

—É exatamente o que eu e minha neta gostaríamos de fazer, Alteza— o Sr. Heywood respondeu— porém eu desejaria saber onde iremos ficar hospedados e também preciso pagar o cocheiro da carruagem que aluguei para nos trazer até aqui.

—Se eu soubesse que viriam até Fertod, eu mesmo teria ido buscá-los na estação— o Príncepe observou, solícito.

—Estamos vindo do Castelo do Barão, em Györ— esclareceu o Sr. Heywood.

—Ah, sei... quem é, oo Barão von Sicardsburg!— disse o Príncepe—, ele se vangloria demais, porém lhes asseguro que seus cavalos, nem se comparam com os nossos! Não é mesmo verdade, Héviz?

—Certamente, Alteza!

—Ele é um homem... horrível! Arrependo-me de termos feito... negócio com ele— Aletha disse impulsivamente.

O Príncepe Miklós dirigiu a Aletha um olhar penetrante antes de dizer com veemência:

—Tem toda razão, Srta. Link. É sempre melhor não ter nada a ver com o Barão .

—Espero jamais voltar a vê-lo— ela murmurou.

Dando-se conta de que não devia continuar com aquele assunto, para seu próprio bem, Aletha virou-se para a porta e pediu:

—Poderíamos ir para as cavalariças?

—Claro— o Príncepe voltou-se para o Sr. Heywood—, o senhor e a sua neta ficarão hospedados neste Palácio. A propósito, seu sobrenome também é Link, como o dela?

—Não, Alteza. Meu sobrenome é Heywood. A mãe de Aletha era minha... filha.

O modo como ele falou revelou a Aletha o quanto ele estava detestando ter de mentir. Também um pouco embaraçada, ela dirigiu-se depressa para a porta.

O Príncepe apressou-se e a abriu para sua nova hóspede, acompanhando-a pelo corredor e sendo ambos seguidos pelo Sr. Heywood e *Herr* Héviz.

No hall o Príncepe deu ordens a alguns criados para que fossem buscar na carruagem a bagagem dos recém-chegados.

Enquanto o Sr. Heywood foi pagar o cocheiro, o Príncepe seguiu com Aletha por um outro corredor.

—Por aqui chegaremos bem mais depressa às cavalariças — ele explicou. —Além disso você poderá conhecer parte desta ala do Palácio , a qual é muito grande. Mais tarde poderei mostrá- lo a você.

—Já ouvi dizer que o Palácio é magnífico. Confesso que ficarei muito aborrecida se tiver que partir sem ter conhecido o salão de música.

—Você também gosta de música?

—Sim. Muito.

Com voz profunda o Príncepe Miklós disse a Aletha:

—Pensei muito em você desde que a vi ontem em Budapeste. E você, também pensou em mim?

Diante da confissão e da pergunta inesperadas, ela sentiu um súbito rubor tingir-lhe as faces. Ocorreu-lhe que devia responder que o esquecera por completo, porém a mentira não lhe veio aos lábios.

—Você pensou!— ele disse num tom triunfal ao notar--lhe o silêncio e o ligeiro embaraço—, tive certeza de que foi por obra dos deuses que nos encontramos no pátio do Palácio Real. Não poderia ser de outra forma.

—Meu avô me chamou a atenção e disse que eu não devia ter saído da carruagem.

—Para mim você saiu voando daquela carruagem e, como não é humana, só eu a vi, ninguém mais!

Aletha não conteve o riso.

—Estou perfeitamente inclinada a acreditar que na Hungria pode acontecer tudo que seja mágico!

—Gosta de meu país?

—É lindo demais! Não é de admirar que a Imperatriz Elizabeth ame a Hungria e anseie por estar aqui.

—Então já ouviu falar sobre nossa Imperatriz ?

—Sim, claro e papai quer...

Aletha interrompeu a tempo o que ia dizer. Não poderia mencionar que seu pai, o Duque de Buclington, estava interessado em comprar cavalos magníficos para fazer uma surpresa para a Imperatriz quando esta fosse passar alguns dias em Ling.

Confusa, ela concluiu a sentença:

—Isto é... meu avô quer comprar cavalos para o Duque de Buclington.

—Imaginei que os cavalos fossem para seu avô!

—Bem que ele gostaria que fosse assim! Quando era mais jovem, vovô foi um dos mais famosos cavaleiros amadores da Inglaterra, mas ele perdeu toda a sua fortuna.

—Está dizendo que atualmente o Sr. Heywood trabalha para o Duque de Buclington?

—Exatamente.

Houve uma pequena pausa e, sabendo o que o Príncepe estava pensando, Aletha ponderou:

—Creio que Vossa Alteza ofereceu-nos a hospitalidade de seu Palácio baseando-se numa falsa impressão. É claro que meu avô e eu compreenderemos se desejar mudar de ideia.

—De forma alguma — ele protestou depressa—, não tenho a menor intenção de voltar atrás. Eu apenas estava pensando que seu avô parece ser um verdadeiro cavalheiro inglês.

—Ele *é* um cavalheiro inglês— Aletha afirmou de modo categórico.

Olhando para ela, o Príncepe viu um sorriso brincando em seus lábios e sua expressão travessa.

—Você falou de um modo tão acusador e eu não cometi crime algum. Disse a verdade sobre seu avô. Ele tem uma bela aparência e parece reunir todas as qualidades que eu próprio admiro em um cavalheiro inglês. Achei difícil acreditar que ele não fosse um homem rico.

Aletha concluiu que o Príncepe contornara habilmente aquela situação desagradável. Achou também que devia insistir que ela e o avô não se ofenderiam se não ficassem hospedados no Palácio .

Dirigindo a ele um sorriso encantador, ela disse:

—Sinto que estamos abusando de sua generosidade; já ouvi falar que a nobreza húngara é orgulhosa e autocrática.

O Príncepe riu.

—Vejo que está mesmo disposta a me julgar! Por favor, minha linda sílfide, não seja tão má comigo!— O tom dele era zombeteiro.

Pouco depois o Sr. Heywood e *Herr* Héviz reuniram-se a eles.

As cavalariças faziam jus ao Palácio ; eram igualmente magníficas. As do Barão nem chegavam aos pés daquelas.

Os quatro foram examinando baia por baia, e Aletha só tinha olhos para aqueles animais que realmente achasse fantásticos e que sem dúvida satisfariam um homem exigente como seu pai.

A verdade era que a escolha não seria uma tarefa simples; todos os cavalos lhe pareceram excepcionais.

Depois de examinados mais de vinte animais, Aletha perguntou ao Sr. Heywood:

—Não poderíamos apresentar uma oferta por todos eles?

—Não vai fazer uma coisa dessas!— o Príncepe interveio antes de o Sr. Heywood responder—, você está se referindo aos nossos cavalos mais fenomenais e mais valiosos. Como pode ser tão cruel, a ponto de querer que eu ande a pé, em vez de cavalgar?

Aletha sorriu.

—Por falar nisso, Vossa Alteza ia cavalgar quando chegamos, não é mesmo?

—Seu avô e eu cavalgaremos agora.

—Se eu me trocar bem depressa, poderei... acompanhá-los?

—Quanto tempo você levará para trocar esse vestido por um traje de montaria?— o Príncepe indagou.

—Dois minutos!

O Príncepe riu.

—Bem, concedo-lhe mais oito e, depois desse tempo, se não estiver de volta, iremos sem você.

Aletha soltou uma exclamação de horror e *Herr* Héviz ofereceu-se para mostrar-lhe seus aposentos.

—Eu a levarei até seu quarto, Srta. Link. Uma das camareiras já deve ter desfeito sua bagagem.

Ao caminhar ao lado de Aletha, *Herr* Héviz teve dificuldade em acompanhá-la, pois ela quase correu pelo corredor e subiu os lances da majestosa escadaria como se tivesse asas.

Um dos criados já avisara a governanta sobre a chegada dos hóspedes e ela já se achava à espera da Srta. Link no primeiro andar e conduziu a hóspede a um quarto de sonhos.

Veio à mente de Aletha que o Príncepe não iria oferecer-lhe aqueles aposentos se soubesse que o Sr. Heywood não passava de um empregado do Duque de Buclington.

Todavia, não era o momento de pensar nisso. Ela começou a trocar-se e em questão de poucos minutos já se viu usando um belo çonjunto de montaria.

Sem perder tempo de olhar-se ao espelho, Aletha colocou na cabeça um chapéu enfeitado por um pequeno broche e saiu apressada do quarto. Seguiu pelo mesmo caminho feito na vinda, sem esperar que alguém a guiasse.

Nas cavalariças, o Sr. Heywood, montado num belo alazão, dava voltas pelo pátio pavimentado com pedras arredondadas.

Um garanhão negro acabava de ser selado para o Príncepe e o cavalo cinzento, ao lado do garanhão, já esperava para ser montado por Aletha. Ao vê-lo ela achou-o espetacular em todos os sentidos.

—Eu tinha razão de dizer que você era uma sílfide! — o Príncepe dirigiu-se a ela com um sorriso. — Só mesmo uma sílfide teria voltado com tal rapidez.

—Pelo menos agora posso descansar um minuto — Aletha disse, ofegante.

—Sabe que eu a teria esperado, Srta. Link — ele falou com suavidade.

Quando ela quis montar o belo cavalo cinzento que lhe fora destinado, imaginou que o Príncepe fosse ajudá-la oferecendo- lhe as mãos em concha para ela apoiar um dos pés.

Porém ele a segurou pela cintura fina e a colocou na sela, fazendo-a estremecer com aquela proximidade e o contato das mãos dele.

Por um instante Aletha ficou dominada por aquela sensação estranha que não conseguiu compreender. Ao voltar ao normal viu que o Príncepe acabava de arrumar--lhe a saia sobre o estribo.

Ele ergueu a cabeça para fitá-la e disse num tom brincalhão:

—Imagino que não ficarei desapontado ao vê-la cavalgando, mas, se isso acontecer, creio que me matarei!

—Está sendo dramático demais!

Aletha falou sem pensar e receou ter sido rude, mas se tranqüilizou quando ouviu o riso espontâneo do Príncepe.

Ele saiu do pátio acompanhado por seus hóspedes; os três passaram pelos *paddocks* bem cuidados e se dirigiram para uma campina extensa que se perdia no indistinto horizonte.

Herr Héviz não os acompanhou.

Os cavalos não precisavam ser incitados para galoparem tão rapidamente quanto era o desejo dos cavaleiros e da amazona.

Para Aletha era como estar cavalgando num paraíso, entre borboletas que adejavam sobre as florinhas silvestres da campina e que, de vez em quando, agitadas, esvoaçavam à frente deles. Aves canoras passavam voando sobre suas cabeças.

Ela cavalgava à frente dos dois, sentindo a brisa no rosto e a claridade ofuscante do sol. O Príncepe não tardou a ficar do lado dela.

Aíetha notou que ele era um cavaleiro excelente e montava como se fosse parte do soberbo animal.

Depois de terem vencido cerca de uma milha, ela disse ao Príncepe

—Que maravilha! É ainda mais maravilhoso do que em meus sonhos!

—Quando a vi pela primeira vez, pensei a mesma coisa, achei-a ainda mais maravilhosa do que a mulher que via em meus sonhos— ele respondeu.

Surpresa, Aletha encarou-o. Porém nada disse porque o Sr. Heywood veio juntar-se a eles e refreou seu cavalo.

—Reconheço que a fama de sua coudelaria é mais do que merecida, Alteza— ele disse ao Príncepe é difícil encontrar adjetivos capazes de expressar a superioridade de seus cavalos.

—Apraz-me ouvir isso, mas devo deixar bem claro que nenhum destes três cavalos está à venda!

—Já suspeitava disso— o Sr. Heywood respondeu, pesaroso.

—Temos muitos outros belos animais que o agradarão. Amanhã poderá montar aqueles que lhe aprouver e então faremos negócio.

A vontade de Aletha era dizer que gostaria muito de adquirir o fogoso cavalo que estava montando, mas compreendeu que seria um erro interferir.

A volta para o Palácio foi feita por um caminho diferente. Como a tarde findava, os camponeses haviam deixado o trabalho e regressavam para seus lares, cantando enquanto caminhavam.

Era muito agradável ouvir as vozes mais graves dos homens harmoniosamente combinado com as vozes mais agudas das mulheres e das crianças.

Notando a expressão de contentamento de Aletha, o Príncepe observou:

—Achei que você iria gostar de ouvir nossa gente cantando. Também acredito que irá apreciar nossa música cigana.

—Claro! Adoraria! Será possível assistirmos a um espetáculo cigano?

—Nada é impossível em se tratando de satisfazê-la. Verá os ciganos cantando e dançando amanhã à noite. Melhor ainda: daremos uma festa.

Os olhos de Aletha brilharam como centelhas. Contudo ela disse:

—É muita bondade de Vossa Alteza, mas ainda nem conhecemos seus pais.

—Minha mãe já morreu e meu pai, da mesma forma que eu, adora festas, principalmente quando são oferecidas a alguém muito especial.

Aletha pensou em dizer que o Príncepe Jozsel certamente não iria considerá-la uma pessoa especial, tampouco o Sr. Heywood. Mas acabou por mantever se em silêncio. Mais tarde, ela achava-se em seu quarto, já vestida para o jantar, quando o Sr. Heywood veio buscá-la para descerem juntos. A criada ainda se achava no aposento.

—Espero que esteja se divertindo — ele disse.

—Muito!

Aletha não podia estar mais encantadora naquele maravilhoso vestido branco e prateado que fazia parte do rico enxoval comprado especialmente para sua temporada em Londres, como debutante.

O gracioso modelo, confeccionado em tecido branco, fino e transparente, tinha um forro justo em *lamé* prateado. Sobre a saia, o tecido branco formava um drapeado que, puxado para trás, ia compor as anquinhas, que eram arrematadas por um grande laço feito com fitas brancas e prateadas que tinha as pontas caindo onduladas, acompanhando a pequena cauda do vestido.

A cada movimento de Aletha ela cintilava como o luar sobre a água. Ocorreu-lhe que ao vê-la o Príncepe iria, mais do que nunca, achá-la parecida com uma sílfide.

Sua intenção era não usar jóia alguma, uma vez que fingia ser neta de um empregado do Duque . Trouxera as jóias consigo pensando em empenhá-las sempre que necessitasse de dinheiro.

Mas Aletha não resistiu à tentação e colocou um colar de diamantes que pertencera a sua mãe e prendeu entre os seios um broche também com as mesmas pedras do colar, tendo o mesmo a forma de uma estrela. A criada saiu do quarto, deixando os hóspedes a sós.

O Sr. Heywood não se cansava de admirar Aletha e de elogiá-la.

—O senhor não acha que estamos ocupando estes luxuosos aposentos por engano?— ela perguntou em voz baixa—, Príncepe Miklós pensou que o senhor estivesse querendo comprar os cavalos para si mesmo e não para meu pai. Certamente não teríamos estes quartos, tampouco jantaríamos no salão se ele tivesse conhecimento da verdade desde o início.

—Bem que eu notei estes privilégios. Lembro-me de como fomos recebidos logo que chegamos ao Castelo do Barão.

Não deixou de ocorrer a Aletha o pensamento de que, se o Barão soubesse de sua verdadeira indentidade, jamais se comportaria com ela como se comportou.

Não ousaria oferecer-lhe um bracelete de diamantes, tampouco se atreveria a ir a seu quarto no meio da noite.

—Bem, diz o ditado que temos que aproveitar as oportunidades que nos surgem!— o Sr. Heywood estava dizendo, depois de ter ficado um instante pensativo—, sabe-se lá se amanhã não seremos transferidos dos melhores quartos deste Palácio para alguma pocilga!

—Que horror! Não poderá ser tão mau assim— Aletha riu—, mas eu não me importaria se tivesse que passar a noite com o cavalo que montei esta tarde!

—Notei que você gostou muito do animal, mas o Príncepe deixou bem claro que o mesmo não está à venda.

—Se quer saber minha opinião, ele não foi honesto deixando- nos experimentar uma mercadoria fora do nosso alcance!

O Sr. Heywood riu.

—Se Sua Alteza ficar sabendo o que você acaba de dizer a repeito dele, pode ficar certa de que, aí, sim, deixaremos nossos confortáveis aposentos!

Terminando de falar, ele deu uma volta pelo quarto e, olhando para a porta, verificou que a mesma tinha a devida chave na fechadura.

Sabendo qual era a preocupação do bom homem, Aletha teve von tade de lhe asseverar que ali estava segura. Seu instinto lhe dizia que o Príncepe era um cavalheiro e jamais agiria como o Barão.

Era verdade que ele lhe dirigira elogios, porém o fizera sem o olhar e o tom de voz concupiscentes do Barão, além disso, ela sentia que o Príncepe era um homem diferente. Ele era húngaro e já lhe haviam prevenido de que os húngaros eram muito românticos.

Num dos livros que ela havia lido, embora a leitura do mesmo lhe tivesse sido proibida, havia menção ao fato de os húngaros serem amantes ardentes e apaixonados.

Não que Aletha tivesse plena compreensão do que isso poderia significar, mas tinha a vaga ideia de que as pessoas que se amavam gozavam de muita intimidade.

Subitamente ela lembrou-se de que se o Barão, a encontrasse em seu quarto na noite anterior sem dúvida tomaria liberdades com ela. Só de pensar nessa possibilidade, um calafrio percorreu- lhe a espinha.

«Mas o Barão não foi nada romântico», Aletha pensou. «Ele não passa de um homem sem escrúpulos. Seria aviltante se chegasse a me tocar!».

Quanto ao Príncepe, havia algo nele que a fazia lembrar os Cavaleiros da Távola Redonda, a respeito dos quais havia lido quando criança.

Mais do que isso, o Príncepe Miklós reunia as qualidades que ela buscava no "Príncipe de seus sonhos".

Sendo uma pessoa sensata, ela disse a si mesma que estava sendo ridícula. Não devia se empolgar porque um Príncepe lhe havia dirigido elogios. Ele teria feito isso com qualquer mulher cuja beleza admirasse.

Portanto, levá-lo a sério seria rematada tolice. Poderia até ser que ele.viesse a se mostrar tão familiar quanto o Barão por considerá-la uma pessoa de classe inferior, e cujo'avô não passava de um mero empregado do Duque de Buclington. Subitamente sentiu como se uma mão gélida lhe agarrasse o coração.

Com esforço voltou a ver as coisas através do prisma da praticidade. Estava na Hungria para passar poucos dias; assim quecomprassem os cavalos para seu pai, regressariam à Inglaterra. Então jamais voltaria a ver o Príncepe Miklós.

Já descendo a escada, ela disse a si mesma que seria, além de perda de tempo, um grande erro ficar pensando no seu belo anfitrião.

Este já os esperava quando entraram no maravilhoso salão onde ficaram alguns minutos antes de o jantar ser anunciado.

O Príncepe, que se achava de pé junto à lareira, conversando com outras pessoas, foi recebê-los.

Ele não podia estar mais elegante e mais encantador do que estava naquele seu impecável traje de noite.

Ao vê-lo, Aletha sentiu algo estranho em seu peito e chegou a corar.

O Príncepe tomou-lhe a mão.

—Devo dizer-lhe que você mais parece uma ninfa que acaba de sair de uma das fontes!— ele segredou-lhe—, agora quero que conheça meu pai.

Ao chegar diante do Príncepe Jozsel, Aletha fez uma graciosa mesura e não deixou de notar que ele era o retrato de como seu filho Miklós ficaria anos mais tarde.

O segundo filho, Nikolas, também era muito parecido com o pai. Já a filha, Misina, era diferente, e Aletha ficou sabendo depois que era muito parecida com a mãe, que havia sido uma Princesa romena.

Toda a família Estérházy mostrou-se muito amável com os visitantes.

Durante o jantar a conversa foi inteligente, espirituosa, todos riram bastante. Os pratos servidos, além de requintados, estavam saborosíssimos e foram acompanhados pelo vinho de Tokay e por champanhe francês.

O serviço era de porcelana de Sévres, o que para Aletha era preferível aos extravagantes e ostentosos pratos e haixela de puro usados pelo Barão.

—Então, diga—me, o que achou do Castelo do Barão von Sicardsburg, onde se hospedaram ontem à noite? — o Príncepe Jozsel perguntou a Aletha.

—Tive a melhor das impressões ao vê-lo por fora, porém achei que o seu interior era pomposo e de forma alguma se compara ao seu adorável Palácio , Alteza—Aletha respondeu com sinceridade.

—Foi o que também achei quando lá estive certa vez— o Príncepe Jozsel observou com um sorriso.

—E o que achou do dono do Castelo ?— quis saber o Príncepe Nikolas.

O modo como ele perguntou fez Aletha suspeitar de que ele já ficara sabendo pelo irmão que ela não havia gostado do Barão . Por isso respondeu com certa reserva:

—Achei-o bem parecido com seuCastelo !

Todos riram e o Príncepe Jozsel elogiou-a por aquela resposta:

—Muito bem, Srta. Link! Esta foi uma resposta diplomática. É sempre um erro fazermos inimigos, a menos que sejamos forçados a isso.

—Você pode dizer isso, papai, porque não tem inimigos!— Misina, exclamou—, ninguém tem coragem de se opor a você ou de hostilizá-lo!

—Eu ficaria muito mais lisonjeado se você me dissesse que sou amado por ser exatamente como sou.

—Isso é impossível, papai— Misina replicou—, e o que digo, se aplica a todos de nossa família.

—O que está querendo dizer, minha filha?

—Como somos Estérházy, parece haver uma aura ao nosso redor e é isso que as pessoas notam primeiro sem ficar preocupadas conosco como gente. Ninguém nos vê como simples seres humanos.

Tudo o que Misina disse traduzia exatamente o que Aletha pensava, e empolgada ela reforçou aquele ponto de vista.

—Acho que Misina tem razão. Creio que se as pessoas forem inteligentes e sensatas procurarão ver o que há de verdadeiro em seus semelhantes, sem levar em consideração os adornos, as pompas ou os títulos. Eu, por exemplo, desejo ser amada por mim mesma e não por qualquer outra razão.

Terminando de falar, ela notou o olhar que o Sr. Heywood lhe dirigiu e só então caiu em si, estivera falando como *lady* Aletha Ling e não como a simples "Srta. Link". Então apressou- se em acrescentar:

—Mas, naturalmente, não há termo de comparação entre vocês, com este maravilhoso Palácio , e uma pessoa comum como eu.

Ela própria achou que estas últimas palavras não soaram muito convincentes. Porém logo se tranqüilizou, uma vez que ninguém pareceu ter estranhado seu raciocínio.

Como os franceses, a família Estérházy adorava um debate e em pouco tempo todos estavam dando sua opinião e discutindo sobre a importância de títulos, riqueza e posição e se os mesmos poderiam ser um empecilho na formação do caráter das pessoas.

A certa altura Misina disse com ironia:

—Ora, ninguém vê o papa ou um Imperador como uma "pessoa comum"!

Já o Príncepe Nikolas disse de modo positivo:

—Para mim uma mulher é sempre uma mulher, seja ela uma Imperatriz ou uma camponesa!

A família não ignorava que Nikolas tinha uma grande admiração pela Imperatriz Elizabeth.

Na opinião do Príncepe Jozsel, a sociedade devia ter diferentes classes de pessoas. Ele alegou:

—Se todas as pessoas fossem iguais, a estrutura social se desmoronaria.

—E seria muito bom! — o Príncepe Nikolas exclamou.

O Príncepe Miklós manteve-se calado.

Depois do jantar, Misina executou com brilhantismo algumas peças ao piano.

Aletha gostou das lindas composições húngaras e das de Strauss. Ao ouvir o *Danúbio Azul,* moveu o corpo ao ritmo da valsa, embora não tivesse consciência disso.

Em dado momento ela virou-se e constatou que o Príncepe Miklós a fitava intensamente, o que a fez sentir uma súbita timidez.

Quando, finalmente, Aletha e o Sr. Heywood despediram-se de todos para subirem para seus aposentos, o Príncepe Miklós e o pai os acompanharam até a escada.

O Sr. Heywood e o Príncepe Jozsel ficaram ainda mais um instante conversando, e o Príncepe Miklós disse baixinho a Aletha:

—Estou exultante por tê-la aqui! Você está linda neste seu vestido tecido de luzes... e não parece ser parte apenas de nossas fontes, mas também de minha casa.

—Este é... um grande elogio— Aletha respondeu simplesmente.

—Estou falando sério. Esta noite ficarei acordado contando as horas até ver chegar o dia de amanhã.

Os olhos de ambos se encontraram e nenhum deles desviou o olhar durante um momento.

O Sr. Heywood começou a subir os degraus e com dificuldade Aletha deixou o Príncepe para segui-lo.

Novamente seu bom senso a alertou, para não levar o belo Príncepe Miklós a sério.

Ele era muito romântico, não havia como negá--lo, porém poderia ser diferente, se ambos estavam na Hungria?

CAPÍTULO VI

Na manhã seguinte, Aletha e o Sr. Heywood foram para as cavalariças logo após o desjejum, acompanhados do Príncepe.

Muitos outros cavalos haviam sido trazidos ali para exame dos compradores. Não eram animais tão magníficos como aqueles que o Príncepe desejava manter, porém eram novos e com adestramento se tornariam igualmente fantásticos. Observando o Sr. Heywood, Aletha viu seu entusiasmo diante do novo lote que o Príncepe lhes apresentara.

Os três foram para a campina, e Aletha cavalgou ao lado do Príncepe. O Sr. Heywood, interessado somente em testar o animal que montava, adiantou-se para fazer sua montaria saltar obstáculos inesperadamente.

Ao voltar galopando, sua expressão era de contentamento. Ele trocou de animal várias vezes, sempre interessado em selecionar os melhores cavalos para levar para o Duque.

Durante a tarde os testes com os cavalos prosseguiram.

A certa altura Aletha disse ao Príncepe Miklós:

—Vovô insiste em escolher os cavalos mais espetaculares e obviamente está achando a tarefa difícil, uma vez que todos os animais são excelentes.

—E nós estamos dispostos a vender todos os animais, com exceção daqueles que temos interesse em conservar.

—A questão é que deseja os melhores cavalos só para si. Está sendo egoísta! — ela o acusou.

—Desejo muitas outras coisas além de cavalos.

Ele falou olhando-a fixamente e sua expressão, já bem conhecida de Aletha, mais uma vez perturbou-a e fê-la sentir uma forte emoção.

Cada vez mais ela se dava conta de que estar ao lado do Príncepe Miklós não era apenas interessante ou agradável. Bastava a presença dele para deixá-la dominada por um entusiasmo e emoção que jamais havia experimentado antes.

«Não posso me deixar envolver», ela pensou. «Logo voltarei para casa e nunca mais vou ver o Príncepe».

Todavia, os sentimentos independem da razão, e Aletha não conseguia sufocar o grande júbilo que sentia só de ficar ao lado dele; também não tinha como evitar que o coração saltasse dentro do peito ao ouvir o Príncepe dirigir-lhe um galanteio.

—Você é encantadora demais para ser apenas um ser humano— o Príncepe Miklós estava dizendo—, desde que a vi pela primeira vez passei a duvidar de meus sentidos e vivo me perguntando se você é mesmo real.

—Certa vez papai me disse que se espetarmos um alfinete em um Rei é ele sangrar então teremos certeza de que ele é um ser humano.

Ela ficou esperando que o Príncepe fizesse alguma observação espirituosa sobre o que acabara de dizer, porém ele, além de se manter calado, desviou o olhar.

Surpresa, Aletha ficou por um instante analisando-o e soube instintivamente que ele desejava beijá-la.

A ideia de ser beijada por ele não a escandalizou. Tampouco lhe pareceu repugnante como quando pensara que o Barão poderia ter feito o mesmo.

«Deve ser não apenas muito excitante, mas também romântico ao extremo ser beijada por um húngaro, na Hungria!», Aletha pensou.

Voltando a olhar para ele, receou que pudesse ler seus pensamentos. Por breves momentos ambos apenas se fitaram.

—Imagino que você já tenha percebido que me tortura de modo insuportável! Sendo assim, quanto antes voltar para a Inglaterra, melhor!

O Príncepe falou tão impetuosamente que ela o encarou, atônita. Mas ele já virava o cavalo e, sem mais uma palavra, galopou para as cavalariças.

Sem hesitar, Aletha cavalgou atrás dele e ambos chegaram quase juntos à entrada das cocheiras.

O Príncepe parou e, tendo esperado Aletha refrear seu animal, desculpou-se:

—Perdoe-me! Compreenda que às vezes você me tortura além do que posso suportar!

Sem entender a razão daquelas palavras e daquele comportamento, ela apenas fitou o Príncepe, confusa. Então ele se deu conta de que ela não tinha ideia do que ele estava falando e disse gentilmente:

—Você deve me esquecer. Quero que passe momentos agradáveis neste Palácio e como suponho que seu avô logo se decidirá sobre os cavalos que deseja comprar, ambos partirão. Você deixará a Hungria para trás.

—Na Inglaterra terei seus cavalos que me lembrarão... este país maravilhoso — Aletha respondeu, evitando a tempo dizer, como desejava: "me lembrarão... você", o que seria íntimo demais.

O Príncepe Miklós estendeu a mão e, depois de hesitar um pouco, ela descalçou a luva e segurou a mão que lhe fora estendida.

Mal tocou-a, sentiu como se o fulgor de um raio lhe percorresse o corpo todo. Não podia mais negar o que sentia pelo Príncepe Miklós, sem dúvida o amava.

Ele tirou o chapéu e, curvando-se, beijou-lhe a mão.

Aletha não esperava apaixónar-se, porém não tinha como impedir que, como uma onda, o amor a arrebatasse, fazendo-a submergir num oceano de emoções inenarráveis.

Era assim que desejava sentir-se ao lado do homem de seus sonhos e era evidente que este homem era o Príncepe Miklós!

Amara-o desde que o vira no pátio do Palácio real, apesar de não se dar conta disso naquele momento.

O simples contato dos lábios dele na sua mão a fizera estremecer. Notando mais do que esse tremor, a vibração que vinha dos corpos de ambos, o Príncepe ergueu a cabeça e fitou Aletha longamente.

Ela notou no olhar dele não admiração, mas uma expressão de indescritível dor que lhe fugia à compreensão.

Deixando a mão dela e recolocando o chapéu na cabeça, ele cavalgou na direção de *Herr* Héviz e do Sr. Heywood, que conversavam no centro do pátio das cavalariças.

Aletha seguiu-o, desorientada. Desceu do cavalo sem esperar a ajuda de ninguém e afastou-se das cavalariças em direção do Palácio, desejando ardentemente que o Príncepe logo a alcançasse.

Para desapontamento dela, ele juntou-se ao Sr. Heywood e *Herr* Héviz, que certamente estavam negociando, pois vários cavalariços conduzindo cavalos pelas rédeas davam voltas com os mesmos pelo pátio.

Durante todo o percurso até seu quarto, ela tentou encontrar uma explicação, para o estranho comportamento do Príncepe.

Achou até que sabia qual seria a resposta, no entanto não desejava admiti-la nem para si própria. Na verdade todo seu ser se recusava a aceitar o que ela supunha ser a verdade.

Para tranquilizar-se, ponderou que os elegantes, ardorosos e românticos húngaros eram homens imprevisíveis. Compreendia que não podiam mesmo ser diferentes do que eram.

Aletha não sentiu vontade alguma de trocar-se e descer. Como havia sido programada uma festa para a noite, um dos belos salões já devia estar cheio de convidados e o que menos desejava no estado de ânimo em que se

encontrava era manter uma conversação fútil e desinteressante com algumas *ladies.*

Todo seu corpo pulsava, ansiando por estar com
o Príncepe. Decidida, ela trocou-se e foi para a cama,
entrando sob as cobertas.

—Virei chamá-la com antecedência para que tome
seu banho com calma, *Fraülein*— assegurou-lhe a criada
que a atendia, antes de se retirar, fazendo diante dela uma
pequena mesura.

Era interessante notar como as pessoas se comporta-
vam de modo diferente, levando em conta a posição social
daqueles com quem tratavam, Aletha pensou.

Se ela estivesse hospedada naquele Palácio como a
filha do Duque de Buclington, teria merecido por parte
da criada uma mesura completa, a governanta também
faria uma mesura diante dela em vez de apenas inclinar a
cabeça, como vinha fazendo.

Não que se importasse com tais gestos de subserviên-
cia; é que os mesmos lhe revelavam o que ela já sabia.

Havia uma grande diferença entre ser a filha de um
Duque e ser neta de um homem que não tinha meios nem
mesmo para comprar seus próprios cavalos.

Havia conhecido o Príncepe Jozsel e seus filhos e
notara como se orgulhavam de ser quem eram. Devia
admitir que com o Duque acontecia a mesma coisa...

Contudo, talvez na Inglaterra as diferenças entre as
pessoas não fossem tão óbvias como na Hungria.

Tivera prova disso quando cavalgara com o Príncepe Miklós pelos campos e haviam encontrado os
camponeses.

Estes saudaram o aristocrata com profunda inclinação da cabeça e sorriram para ele com afeição e respeito, como se aquele homem, senhor de todas aquelas terras, fosse quase um deus. Pensando nisso adormeceu.

«Chega a ser infantil de minha parte amar o Príncepe», Aletha pensou enquanto tomava seu banho. «Espero que o que eu esteja sentindo não seja amor realmente e sim uma empolgação passageira por me achar neste Palácio encantador onde reina uma atmosfera de conto de fada».

Ela não deixou de pensar também que aquela atmosfera era perfeita para envolver o Príncepe e fazê-lo supervalorizar a atração que sentia por ela.

Ficara sabendo que havia cômodos naquele Palácio. Ouvira o Príncepe Jozsel dizer, na noite anterior, que o antigo Palácio era muito maior e mais magnificente. O teatro lírico, construído por seu ancestral, se incendiara e jamais fora reconstruído.

Tais pensamentos fizeram Aletha sorrir. Não tinha motivos para ficar tão impressionada com o Palácio , uma vez que Ling era também uma casa ancestral grandiosa e na verdade muito mais antiga do que o Palácio do Príncepe Estérházy!

Novamente, ela riu, agora de si mesma; estava se comportando como uma criança.

Saindo do banho, Aletha escolheu para vestir seu traje mais lindo. O vestido era banco e todo bordado com pedrinhas que brilhavam como diamantes.

A criada a ajudou a vestir-se e, ao terminar, olhando-se ao espelho, Aletha achou que parecia uma flor em botão, coberta de gotículas de orvalho.

Ela não quis pôr jóia alguma. Trazia ao pescoço delicadasflores de tecido semelhantes a orquídeas, tendo pedrinhas diamantinas em suas pétalas.

As mesmas flores, formando um ramalhete envolto em franzidos de *chiffon,* enfeitavam as anquinhas e os cabelos, habilmente penteados pela criada. Tão logo a viu entrando no salão, antes do jantar, o Príncepe Miklós susteve a respiração. Vários outros cavalheiros convidados para o jantar não esconderam sua admiração pela jovem inglesa.

Um deles chegou a exclamar:

—Creio que nem no passado, o Palácio Estérházy hospedou alguém com tanta beleza!

Diante do elogio Aletha limitou-se a sorrir para o cavalheiro, enquanto sentia o coração saltando no peito, tal sua alegria ao notar a expressão de raiva do Príncepe Miklós.

Evidentemente ele estava com ciúme! Ah, seria tão maravilhoso se ele também a amasse. Mas talvez estivesse querendo demais.

Seu bom senso alertava-a para o absurdo de julgar--se apaixonada pelo primeiro homem realmente belo que conhecia. Mais absurdo ainda era esperar que ele também se apaixonasse por ela.

«Ah, mas os húngaros são românticos!», Aletha ficou repetindo mentalmente.

Era de esperar que adorassem voar de flor em flor, sempre esperando que no dia seguinte encontrassem uma mais linda ou exótica do que a do dia anterior.

«Devo ser sensata e não me expor a riscos», pensou.

Aletha apreciou cada momento do jantar e pode-se dizer que foi o sucesso da noite. À mesa quase todo os homens ergueram um brinde em sua homenagem, despertando a inveja das outras jovens, que a olhavam com azedume.

Ela também aproveitou cada instante daquela noite de sonhos. Não ignorava que ao voltar para Londres seria apenas uma de- butante e estas só mereciam bastante atenção quando eram apresentadas no Palácio de Buckingham.

Depois costumavam ser ofuscadas pelas beldades sofisticadas e experientes, *ladies* já casadas que mereciam os louvores e as aclamações não apenas da sociedade, mas do público em geral. Elas costumavam ser escolhidas pelo Príncepe de Gales.

Naturalmente, sendo o Duque de Buclington um homem importante na corte, Aletha seria convidada para bailes e recepções durante toda a temporada em Londres. Isso acontecia com todas as debutantes filhas de aristocratas.

«Estou vivendo uma noite gloriosa», Aletha pensou. «Tenho que aproveitá-la ao máximo».

Como o Príncepe havia prometido, o baile foi animado por uma orquestra cigana. O imenso e magnificente salão de baile, branco e dourado, estava todo decorado com flores brancas, como as que enfeitavam o vestido de Aletha.

Havia sido naquele mesmo salão, o mais lindo que Aletha já vira, que Haydn regera a orquestra que apresentara pela primeira vez a sua *Sinfonia da Despedida.*

133

As altas janelas e amplas portas se abriam para os des-
lumbrantes jardins do Palácio .

Luzes escondidas nas fontes iluminavam os jorros
d'água arremessados em direção ao céu, mais parecido
com um veludo escuro cravejado de diamantes.

Era a primeira vez que Aletha via e ouvia uma orquestra cigana mas achou que a mesma era exatamente como
a havia imaginado.

As ciganas, com seus trajes típicos, vivamente colori-
dos, com brincos enormes e uma profusão de pulseiras
e colares, davam uma nota alegre e exótica ao ambiente.

Algumas ciganas traziam na cabeça um lenço debruado
com ouro e pedras preciosas; outras tinham os cabelos
entrelaçados com fitas vermelhas, igualmente enfeitadas
por jóias. Elas cintilavam a cada movimento que faziam.

A música alegre vibrava no ar, tendo começado com os
sons estridentes dos címbalos e dos pandeiros.

Muitos dos convidados executaram, de mãos dadas, no
centro do salão uma dança típica cigana.

Quando a música tomou-se suave e romântica, o Príncepe Miklós enlaçou Aletha pela cintura e conduziu-a para
o centro do salão que logo ficou lotado de pares.

Subitamente a música voltou a ser álacre e vivaz, tendo
o frenesi voltado a tomar conta dos instrumentos ciganos,
forçando os pares a dançarem cada vez mais rapidamente.

Durante o baile, Aletha dançou com muitos outros
cavalheiros, porém, apresentando-se a oportunidade, o
Príncepe Miklós convidou-a novamente pára dançar.

Ele trouxe-a para bem perto de si e, à medida que o
ritmo se tornava cada vez mais acelerado, ela o seguia

perfeitamente sem nunca ter aprendido aquele tipo de dança.

A certa altura o ritmo era tão alucinado que Aletha sentia como se estivessem flutuando no ar e dançando com seus corações; seus pés mal tocavam o chão, era como se tivessem asas.

Foram momentos excitantes e alegres e, quando finalmente a música parou, ela estava quase sem fôlego, seu peito arfava tumultuosamente sobre o tecido fino do vestido.

Então Aletha viu-se caindo das nuvens, de volta à realidade.

O Príncepe ainda a manteve por um instante em seus braços. Ambos se fitaram e ela supôs ter visto fogo em seus olhos, porém se convenceu de que era apenas o reflexo das luzes.

Os convidados estavam aplaudindo a música que tanto os empolgara.

Segurando Aletha pela mão, o Príncepe Miklós levou-a para o jardim. Ali ela inspirou profundamente o ar fresco da noite, procurando acalmar o tumulto interior.

Dando-lhe o braço, o Príncepe passeou com ela pelo gramado macio, pelas fontes iluminadas, e ambos chegaram a uma estufa de vidro que brilhava entre as árvores.

Ele abriu a porta e Aletha viu no interior da estufa orquídeas das mais variadas cores; brancas, roxas, verdes, cor-de-rosa e amarelas.

Aquele conjunto extraordinário de flores exóticas era tão lindo que Aletha se deixou ficar parada, admirando-as, fascinada.

O Príncepe fechou a porta.

—Este é o lugar perfeito para você— ele disse—, pensei que talvez você pudesse deixar impregnada nas flores um pouco da sua beleza. Então eu jamais poderia perdê-la.

Timidamente Aletha virou-se para fitá-lo. Nenhum homem poderia estar tão belo e tão majestoso quanto o Príncepe.

Seu traje de noite, impecável, assentava-se maravihosamen- te em seu corpo atlético. No peitilho da camisa branca ele usava uma grande pérola.

Aletha não ignorava que, se a ocasião fosse formal e contasse com a presença da realeza, sua casaca estaria coberta de condecorações.

Por uns segundos ambos apenas se fitaram, emudecidos. Foi o Príncepe quem rompeu aquele silêncio mágico.

—Você ficará para sempre no meu coração, Aletha! Você é linda! É adorável!

Ela ia responder que também o traria no seu coração em todos os momentos, mas ele acrescentou:

—Trouxe-a para este lugar para lhe dizer adeus.

—Adeus?! Mas eu não sabia que vovô tinha planos de partir amanhã.

—Não me refiro à partida de vocês. Sou eu quem partirá.

Aletha só pôde olhar para ele, perplexa, seus olhos parecendo maiores ainda do que já eram.

—Estou me flagelando!— o Príncepe prosseguiu com veemência—, não suportaria esta tortura por mais tempo!

—Não estou... entendendo — ela gaguejou.

—Sei disso. Conheço todos os pensamentos desta cabeci- nha linda, tenho consciência de cada batida mais forte do seu coração e até do modo como você respira!

O modo de o Príncepe falar despertou ainda mais os sentimentos que Aletha já nutria por ele e, num gesto instintivo, levou a mão ao peito como se para serenar a agitação interior.

—Amo-a muito, Aletha. Amo-a como jamais amei outra mulher antes. É por esta razão, amor do meu cora-ção, que tenho que partir.

—Mas... por quê? Por quê? Foge-me à compreensão!

—É claro que uma jovem inocente como você não compreende. Desejo-a, quero tomá-la em meus braços e levá-la daqui! Ah, minha querida, você não imagina como é difícil controlar- me para não levá-la para minha casa nas montanhas, onde ficaríamos a sós, sem pessoa alguma que nos perturbasse.

Cada vez mais agitada e dominada por sentimentos estranhos, Aletha ficou apenas fitando o Príncepe, emude-cida, sem atinar com o que ele estava dizendo e ao mesmo tempo pasmada com aquele fogo que via arder nos olhos dele.

—Se eu a levasse para essa minha casa, adorada Aletha, iria ensinar-lhe tudo sobre o amor; você conheceria não o amor frio que um inglês lhe poderia oferecer, mas o amor ardente e irresistível da Hungria!

Emocionada diante daquelas palavras arrebatadas do Príncepe, Aletha deu um passo para ficar junto dele, porém, para sua surpresa, ele afastou-se depressa.

—Não se aproxime!— ele exclamou de modo incisivo—, não ousarei tocá-la! Se o fizer, por certo não me conterei, a tomarei em meus braços e você será minha! Então não terá como escapar; não mais a deixarei.

—Então... você me ama?— Aletha gaguejou, dando a entender que apenas deduzira isso depois de tudo o que o Príncepe lhe dissera

—Se a amo? Amo-a loucamente, incontrolavelmente, irremediavelmente! Mas, minha doce Aletha, minha adorada, nada posso fazer.

—Por quê?

—A resposta é bem simples: você é pura como estas flores; é inocente, intocada e virginal. Como eu poderia prejudicar uma criatura tão perfeita?

Aletha continuou a fitá-lo, silente. Um raio de luar, incidindo sobre seus cabelos, tornou-a ainda mais linda, emprestando- lhe uma beleza etérea.

Como se não suportasse continuar a olhar para ela, o Príncepe baixou os olhos e disse pouco depois:

—Eu não pretendia entrar em detalhes, mas vejo que seria injusto de minha parte separar-me de você deixando-a entregue às suas conjecturas sobre meu comportamento.

—Oh, sim, por favor, explique-me melhor... não compreendi exatamente o que você quis dizer— ela pediu, angustiada.

—Confessei meu amor por você e acredito que ele seja correspondido. Para mim, amá-la e saber que também sou amado é estar próximo do paraíso. Porém não ousarei tocá-la.

Ao pronunciar as últimas palavras havia uma nota dolorida em sua voz.

—Por quê? Por favor, diga por que não pode... ficar a meu lado.

—Porque você é uma *lady*, minha linda sílfíde. Se fosse simplesmente uma jovem comum, cuja família fosse como a de Hé- viz, um homem do povo que compra e vende cavalos, eu a levaria comigo para minha casa nas montanhas, querida, e lá seriamos felizes para sempre.

Compreendendo aonde ele queria chegar, Aletha não teve coragem de dizer uma palavra. Parecia ter-se tornado uma estátua de pedra.

E o Príncepe Miklós completou:

—Não seria uma união legítima e jamais ousaria oferecer-he isso. Ao mesmo tempo, por causa de minha família, não posso torná-la minha esposa.

Finalmente proferidas, as palavras pareceram ficar retinindo nas paredes de vidro.

Pareceu estranho para Aletha que elas não se estilhassassem e que as orquídeas não caíssem de suas hastes e se precipitassem no chão.

—Você conheceu meu pai— o Príncepe prosseguiu—, sendo uma pessoa perceptiva, não deve ignorar que seria a morte para ele ver seu filho mais velho tomar como esposa alguém cuja estirpe não se igualasse a nossa.

Ainda paralisada, Aletha sentiu que algo em seu íntimo se partia e que sua vida chegava ao fim. Ouvia as palavras do Príncepe como se viessem de muito longe.

—Desde o primeiro momento que a vi, soube que você era especial, era diferente de todas as mulheres que eu já vira e conhecera antes. Ali na balaustrada do Palácio Real, a vi circundada por uma luz branca e disse a mim mesmo que tinha a minha frente a criatura mais adorável que poderia existir!

—O Príncepe levou as mãos aos olhos—, fiquei sem dormir, senti sua presença em toda parte, cheguei a crer que estava sendo perseguido por uma visão. Então a vi novamente e naquele instante fiquei louco de felicidade. Você estava ali e era real!

A voz dele tornou-se mais profunda.

—Então nada mais pareceu ter importância para mim, a não ser esperar que a pudesse ter em meus braços para beijá-la até que ambos só tivéssemos consciência de que só nosso amor existia e que era tão grande quanto irreprimível.

Era um sofrimento para Aletha saber que também havia desejado tudo aquilo.

—Quando saímos para cavalgar, vi que você era a amazona mais perfeita que eu já vira. Confesso que você cavalga como a nossa Imperatriz, mas isso não vem ao caso.

Voltando a fitar Aletha, ele falou com enlevo na voz:

—O que me atraiu em você não foi apenas sua incrível beleza, mas também algo divino que parece cercá-la como uma aura, há uma luminosidade ao seu redor! Sempre sonhei que assim seria a mulher que se tornaria minha esposa... confesso que cheguei a me convencer, de que jamais a encontraria.

Aletha queria poder gritar que também sentia tudo aquilo a respeito dele, e suplicar-lhe que não destruísse algo tão belo e perfeito como o amor que existia entre ambos, porém as palavras não vieram aos seus lábios.

—Desejo casar-me com você mais do que a própria salvação de minha alma. Mas sei que meu desejo não deve se concretizar. Seriamos felizes enquanto estivéssemos sozinhos, mas no convívio com os outros seriamos condenados a viver num inferno. Sabe como é cruel o mundo em que vivemos— ele inspirou fundo—, minha família jamais me perdoaria por ter feito uma *mesalliance.*

—Eu compreendo...

—E você seria a maior vítima, ferida centenas de vezes por dia, fosse com palavras, gestos de desprezo ou até mesmo por saber simplesmente o que as pessoas estariam pensando. Mesmo contando com a minha proteção, não se sentiria feliz. Gradualmente, como a água batendo continuamente numa pedra, uma situação assim destruiria o nosso amor.

O Príncepe Miklós ficou muito ereto e pareceu ainda muito mais majestoso e alto do que era.

—Agora compreende por que tenho que partir amanhã? Jamais voltaremos a nos ver, luz de minha vida.

Era tão tocante a nota de desespero em sua voz que Aletha pensou em confessar-lhe toda verdade a seu respeito. Isso afastaria de vez a infelicidade que via estampada no rosto de Miklós.

Todavia, a questão era delicada e ela concentrou-se para tentar encontrar as palavras certas. Nesse ínterim, porém, o Príncepe despediu-se:

—Adeus, adorável Aletha. Peço a Deus que a proteja e que lhe permita um dia encontrar um homem que a ame tão intensamente quanto eu e que prefira morrer a mágoá-la.

Ele fitou-a docemente e, em seguida, ajoelhando-se, ergueu a bainha de seu vestido e beijou-a, para espanto de Aletha.

Assim que ele se ergueu, ela conseguiu dizer numa voz que nem parecia a sua:

—Miklós, espere... tenho algo a lhe dizer...

Mas ele já se afastara e desaparecia nas sombras, deixando aberta a porta da estufa e Aletha de pé, seguindo-o com o olhar.

Erguendo as mãos, ela levou-as aos olhos.

Aquilo tudo teria mesmo acontecido? Teria ouvido o Príncepe confessar-lhe seu amor? Contudo ele não se casaria com ela.

«Tenho que lhe dizer que ele está enganado. Se eu lhe contar a verdade, sua família me aceitará. Então seremos felizes!».

Ela chegou a ir até a porta, pensando em correr atrás de Miklós e esclarecer tudo. No entanto, um orgulho que ela nem julgava possuir impediu-a de dar mais um passo para fazer o que lhe passara impulsivamente pela cabeça.

Se ele era tão perceptivo e se podia até saber o que ela pensava, como dissera ainda há pouco, por que não se dera conta de que mentira sobre sua verdadeira identidade?

Porque ele não percebera que, em questão de estirpe, o sangue dela era tão azul quanto o dele.

Miklós devia saber intuitivamente que o tempo todo ela havia fingido e que não era a pessoa por quem estava se fazendo passar.

Durante quanto tempo ficou parada, tendo as orquídeas ao seu redor e o luar sòbre sua figura, Aletha não saberia dizer.

Finalmente teve consciência de que devia voltar para oCastelo . Foi caminhando sob as árvores, sem pressa, como se vivesse um sonho.

Ocorreu-lhe que o sonho que alimentara sobre seu "príncipe encantado" havia terminado.

«Se Miklós estivesse mesmo tão apaixonado e tão ligado a mim, teria dado importância a mim como pessoa, fosse eu quem fosse, e minha árvore genealógica não teria a menor importância."

Ao chegar ao Palácio, Aletha não quis voltar ao salão de baile, de onde vinha o som da orquestra cigana e de risos.

Entrando por uma porta lateral, ela subiu para seu quarto e, sem tocar a sineta para chamar a criada que costumava atendê- la, ela começou a despir-se lentamente com os dedos rígidos, os quais nem pareciam lhe pertencer.

O vestido não tardou a ficar ali caído sobre o chão, como uma suave nuvem branca, as pedras brilhando como gotículas de orvalho. Decidiu que não o usaria nunca mais.-

Ao remover as flores e os grampos do cabelo, este lhe caiu sobre os ombros desnudos.

Depois do que lhe pareceu um longo tempo, Aletha viu-se já trocada e sob as cobertas. Apagou as velas e, na escuridão do grande aposento, sentiu as lágrimas quentes molhando-lhe as faces.

Escondendo o rosto no travesseiro, tentou sufocar os soluços de dèsespero. Não apenas perdera Miklós, a quem entregara o coração, mas também tivera destruído seu sonho mais caro!

CAPÍTULO VII

Desalentada, Aletha chorou até a exaustão. Ficou acordada pensando em como seu Castelo de sonhos ruíra completamente.

Nunca lhe ocorrera que o homem de seus sonhos não a amasse por si mesma. O que hávia acontecido fora exatamente o oposto do que esperara.

Na Inglaterra, seu pai se mostrara tão preocupado porque sua única filha talvez viesse a se casar com um caça-dotes que não a amasse e a escolhesse para esposa apenas por sua condição de filha de um dos homens mais ricos e importantes do Reino.

Na Hungria, o Príncepe Miklós não a considerava à altura da família Estérházy e não a amava o bastante para lutar contra os preconceitos existentes.

Como uma criança muito magoada, tudo o que Aletha queria era voltar para casa. Se pudesse, deixaria a Hungria naquele exato momento. Voltar para Ling significava ter o conforto de tudo que lhe era familiar.

Sonhara tanto com a Hungria e não negava que conhecera nesse país emoções jamais sentidas antes. Havia

145

conhecido o amor; um amor que falava à alma e por essa razão tinha algo de divino.

«Tenho que partir», disse a si mesma com convicção. «Partirei a despeito do que o Sr. Heywood diga».

Ocorreu-lhe que com o administrador ela não teria problemas; sendo um homem prático e ativo, o Sr. Heywood por certo já teria escolhido os cavalos que desejava e as negociações deviam estar em fase de conclusão. Feito o pagamento, bastava acertar com *Herr* Héviz o transporte dos animais para a Inglaterra

«Logo pela manhã vou procurá-lo e dizer-lhe que partiremos o quanto antes».

Assim pensando, Aletha levantou-se e afastou as cortinas. Ainda estava escuro lá fora, mas as estrelas já perdiam seu brilho.

Pacientemente ela ficou à janela esperando que os primeiros sinais do alvorecer tingissem de púrpura o horizonte.

Quando isso aconteceu, achou que ainda era cedo demais para ir acordar o Sr. Heywood.

«Vou cavalgar um pouco», Aletha decidiu.

Cavalgaria pela última vez na Hungria, despedindo-se do país. Depois disso se empenharia em esquecer os galopes pelas pradarias bem como as loucas emoções que o Príncepe Miklós despertara nela e que jamais voltaria a sentir.

De volta à Inglaterra, não se importaria se tivesse um casamento convencional com o marido que o pai achasse conveniente para a única filha.

Com amargura Aletha lembrou-se de que bastaria revelar sua verdadeira identidade e tudo mudaria entre ela e Miklós.

Porém, se fizesse isso, jamais confiaria no amor dele, não poderia ter certeza se ele a amava por ela mesma.

«Já eu o amaria ainda que ele fosse um daqueles camponeses que vi ontem voltando do trabalho nos campos. Também me casaria com ele e viveria feliz numa casinha simples, cuidando dele e de nossos filhos».

De nada lhe adiantaram as fantasias. Sua vinda para aquele país fora uma ilusão e podia até dizer o mesmo daquele Palácio , onde tudo era magnífico, perfeito, mas quimérico. Não desejaria construir ali um futuro sem amor.

O Príncepe Miklós lhe falara de um amor eterno e irreprimível; porém, foram palavras apenas. Como podia sentir algo tão maravilhoso e não ter a coragem necessária para lutar pela mulher amada?

«Tenho que partir!», pensou cheia de mágoa.

Era tamanha sua angústia que não suportava mais ver-se confinada nas paredes daquele Palácio cujo teto também abrigava o Príncepe Miklós.

Iria cavalgar imediatamente e ao voltar talvez tivesse a notícia da partida dele. Sofreria a princípio só de pensar que nunca mais o veria, porém iria pedir em suas orações para esquecê-lo.

Já usando uma blusa fina e a saia de montaria, Aletha apanhou o casaquinho que completava o conjunto, porém hesitou em vesti-lo. No dia anterior fizera calor e aquele dia prometia ser ainda mais quente.

O exercício a aqueceria ainda mais, portanto o casaquinho era perfeitamente dispensável, sem contar que não se encontraria com ninguém àquela hora da manhã.

Ela prendeu os cabelos firmemente, formando um coque e também dispensou o chapéu. Estava pronta, então deixou o quarto e desceu sem fazer barulho uma escada secundária para evitar ser vista pelo criado da noite que ainda se achava em serviço no hall.

Passando por um espelho, notou sua palidez, as olheiras e os olhos parecendo ainda maiores e marcados pela mágoa.

No peito sentia que uma centena de setas lhe atravessavam o coração.

Sem dificuldade alcançou a porta por onde já havia passado com o Príncepe, a caminho das cavalariças.

Lá fora a manhã estava encantadora; o sol brilhava, tingindo tudo de dourado. Era cedo demais para *Herr* Héviz andar por ali, e Aletha encontrou nas cavalariças apenas um rapaz que ficara encarregado do turno da noite.

Ela pediu a esse cavalariço que lhe selasse Nyul, o cavalo cinzento que havia montado no dia de sua chegada ao Palácio .

Quando Nyul já estava selado e ela ia montá-lo, chegou um outro cavalariço e perguntou-lhe, em húngaro, se desejava que ele lhe fizesse companhia.

Aletha conhecia pouco o idioma, porém o suficiente para responder ao rapaz que ia passear ali por perto e que preferia cavalgar sozinha.

Apesar de surpreso, o rapaz não discutiu, o que *Herr* Héviz teria feito, alegando que não convinha a uma moça cavalgar desacompanhada.

Deixando o pátio das cavalariças, ela tentou esquecer todas as suas angústias para concentrar-se apenas no seu passeio naquele espetacular animal.

—Agora não quero saber de mais nada, Nyul, a não ser de você— ela disse afagando o animal, já passando pelos *paddocks* para alcançar a campina.

O sol já despertara as borboletas, que esvoaçavam inquietas sobre as flores e que à aproximação da amazona e seu cavalo fugiam espantadiças e esquivas.

Da mesma forma, os pássaros assustados com a intrusão em seus domínios subiam vertiginosamente rumo ao céu.

Nyul, um animal novo e àquela hora bem descansado, por certo estava apreciando galopar à rédea larga, fazendo Aletha sentir-se voando.

O vigoroso galope no impetuoso animal foi um ótimo remédio para suavizar o peso que Aletha sentia no peito. A beleza da campina ao seu redor também contribuiu para afastar a escuridão que pairava sobre sua alma.

Entregue ao prazer de cavalgar, ela afastou-se bastante do Palácio .

Subitamente, a distância, divisou dois cavaleiros e ambos galopavam em sua direção, o que lhe pareceu uma intromissão, visto ela estar sozinha e sentir-se no momento dona daqueles domínios.

Quando refreou um pouco a montaria, pretendendo voltar para as cavalariças, reconheceu, sofrendo um choque, que um dos cavaleiros era o Barão von Sicardsburg.

Ele montava um grande garanhão, o qual, ela se lembrava, era o mais espetacular entre os que vira nas cocheiras do Castelo. O cavalariço que acompanhava o Barão também montava um excelente animal.

Aborrecida, Aletha disse a si mesma que, se havia alguém que jamais queria ter o desprazer de encontrar novamente, esse alguém era o Barão, e ele, sem dúvida, já a reconhecera.

A distância que a separava dos dois cavaleiros era relativamente grande, mas ela percebeu que o Barão dissera qualquer coisa ao cavalariço, o qual se afastou do amo. Este açoitou seu garanhão com violência, fazendo-o disparar.

A intuição de Aletha lhe disse que ela corria perigo. Então compreendeu imediatamente o que estava acontecendo: o Barão vinha na direção dela por um lado e o cavalariço pelo outro, de forma a tentarem cercá-la.

Para não ficar à mercê daquele homem repugnante, Aletha não perdeu um segundo. Fustigou Nyul para voltar a galope para casa.

Nyul quase voava, porém ela percebeu que se havia afastado do Palácio muito mais do que pretendia.

A certa altura Aletha olhou para trás e viu que seu principal perseguidor ganhava terreno e cavalgava bem inclinado para a frente, num estilo de jóquei, para alcançá-la ainda mais rapidamente.

Só de pensar no perigo que corria se caísse nas mãos do Barão , estremeceu. Iria levar muito tempo para que o Sr. Heywood ou outra pessoa no Palácio descobrisse o que lhe havia acontecido.

«Oh, meu Deus, me ajude! Venha em meu socorro!», ela orava enquanto ouvia os cascos do garanhão logo atrás.

Nyul certamente fazia o melhor possível, mas já devia estar cansado quando Aletha avistara o Barão. Agora ela cavalgava como jamais o fizera em sua vida, pois sabia que seu perseguidor era implacável e em pouco a alcançaria.

De uma coisa tinha certeza: preferia a morte a ficar em poder daquele homem horrível.

O Príncepe Miklós também não conseguira dormir.

Tendo deixado Aletha entre as orquídeas, na estufa, ele caminhou a esmo pelas aléias do jardim, querendo distância do som da música e do riso.

O que fizera com Aletha e o fato de ver-se forçado a partir para não voltar a vê-la iriam atormentá-lo pelo resto da vida.

Mas sua educação fora rígida, e ele crescera ouvindo falar em tradição, patrimônio, linhagem, respeito aos ancestrais, orgulho, bravura.

Seu pai lhe repetia, desde a infância, que este devia aceitar de boa von tade todos aqueles valores, embora isso lhe custasse verdadeiros sacrifícios.

Como filho mais velho, sua responsabilidade era ainda maior. Não poderia desapontar, muito menos envergonhar, os ancestrais ou seus sucessores.

Quando criança, Miklós não compreendia exatamente o que as palavras tão pomposas e severas do pai queriam realmente dizer. Já rapazinho, se deu conta de que seus deveres perante a família eram muito mais importantes do que seus próprios desejos.

Na escola havia estudado arduamente. Tinha de ser inteligente e aplicado como o fora seu pai, uma vez que se preparava para herdar o principado e a família devia ter orgulho dele.

Como não podia deixar de ser, houvera mulheres em sua vida. Tão logo o jovem Miklós teve idade para isso, passou a ser perseguido por elas, que tomaram-se indispensáveis em sua vida.

Todavia seus romances eram apenas em nível físico e Miklós as considerava fascinantes. Mas seu senso crítico jamais lhe permitira ver qualquer uma das mulheres com quem mantivera um caso à altura de merecer a posição de esposa de um nobre importante como ele.

Sua mãe pertencera à realeza e amara o marido e a família mais do que tudo no mundo, e Miklós desejava encontrar para esposa uma mulher nos moldes da mãe. Esta era para ele a imagem da mulher ideal.

Até o momento, sempre encontrara falha nas mulheres que havia cortejado e jamais amara nenhuma delas como estava amando Aletha. Sabia também que, se a perdesse, o que estava prestes a acontecer, jamais amaria alguém com tal intensidade.

Desde o primeiro instante em que a vira, teve consciência de que um era parte do outro. Vira-a circundada por uma aura, uma luz divina.

Acabara recebendo-a em seu Palácio e sempre que esteve em contato com ela sentia que lhe podia ler os pensamentos e saber o que ela estava sentido.

Sem dúvida que aquela, era a mulher de sua vida, a mulher que lhe fora enviada por Deus.

Mesmo o sacramento do matrimônio não os uniria mais do que suas almas já se-achavam unidas, num plano de predestinação.

Tudo isso era o que o coração e a sensibilidade de Miklós lhe diziam, porém seu cérebro lhe ordenava que não propusesse casamento a uma mulher cujo avô era um simples empregado do Duque de Buclington.

Afinal, ele era Miklós Estérházy! Levava o nome do ancestral que havia construído aquele Palácio . Desde então a família Estérházy patrocinara os maiores músicos, pintores e os mais brilhantes cérebros do país, que vinham a Fertod e, de uma forma ou de outra, sempre serviram a família.

"Ser servido" eram palavras bem próprias para um Estérházy.

Franz Joseph Haydn podia ter sido o maior músico de sua época, porém era fora de questão que ele pudesse pensar em se casar com uma Estérházy.

O mesmo se aplicava a outros artistas, arquitetos, escritores, poetas ou pintores. Todos eram bem-vindos, mas apenas para "servir" a família e não parâ fazer parte da mesma.

Podia-se dizer que as mulheres que levavam o nome Estérházy eram ainda mais orgulhosas e mais implacáveis do que os homens. Miklós tinha certeza de que não haveria uma delas, inclusive sua irmã Misina, que aceitasse Aletha como uma igual.

Em tais circunstâncias, como poderia ele encontrar tranqüilidade no Palácio se se casasse com Aletha? E ambos teriam que viver ali. Era ali a sede de seu principado.

No futuro, ele seria o chefe de todos aqueles que levavam o nome da família e teria que ser tão digno e orgulhoso de suas tradições como o haviam sido seus ancestrais.

Os Estérházy haviam construído um principado dentro de um Império, e todos se curvavam diante do imperador; porém, Miklós sabia que, intimamente, um Estérházy se considerava superior a um austríaco.

Quando finalmente o Príncepe Miklós voltou para o Palácio, ali reinava absoluto silêncio. A música cessara e os convidados haviam partido; nas janelas não se viam luzes.

Em seu quarto ele afastou as cortinas e ficou à janela como se precisasse de mais ar para continuar respirando. Não querendo se trocar para ir dormir, apenas tirou a casaca.

Depois sentou-se numa poltrona, manteve a cabeça entre as mãos, entregue a um sofrimento que nunca havia experimentado em sua vida.

Ao romper do dia, teve consciência de que devia partir paranão ver Aletha. Só de pensar nisso sentiu o sangue pulsando nas têmporas. Todo seu corpo o impelia para ela, devia ir procurá-la e levá-la consigo para sua casa nas montanhas.

Ela lhe pertenceria e ambos viveriam gloriosa e idilicamente felizes.

Entretanto, sempre havia o amanhã. E num futuro que um dia chegaria, teria que abandoná-la e jamais seria perdoado.

Tocando a sineta, o Príncepe aguardou a chegada do valete e tão logo o viu entrando no quarto ordenou-lhe que preparasse a bagagem e que fosse pedir a um criado que lhe trouxesse o desjejum no quarto.

A vontade de Miklós, era não ver ninguém para evitar explicações, ou ter que responder a perguntas.

Depois do banho vestiu-se e ficou à janela com o olhar perdido voltado para o jardim, porém alheio ao encanto do mesmo.

Da janela era possível divisar a campina onde ele havia cavalgado com Aletha. Entre a campina e os jardins erguia-se um muro muito alto que cercava todo o Palácio.

A atenção de Miklós foi atraída para três cavaleiros galopando, porém ainda estavam muito longe, mais parecendo pontos escuros. Era de estranhar que se dirigissem para o Palácio . Quem seriam eles?

Imerso em sua infelicidade o Príncepe ficou olhando vagamente para os cavaleiros que se aproximavam cada vez mais.

Subitamente, sem poder acreditar no que via, reconheceu Nyul, seu magnífico cavalo cinzento, montado por Aletha. Esta, inclinada sobre o animal, o incitava a avançar ainda mais rapidamente.

Achando muito estranho aquele galope desenfreado, Miklós quis entender o que poderia estar acontecendo e olhando para os outros dois cavaleiros reconheceu o que se aproximava de Aletha.

Definitivamente, aquele era o Barão Otto von Sicards-burg, montado em seu garanhão negro do qual tanto se vangloriava.

Nesse instante, quase como se ouvisse Aletha gritando por socorro, teve certeza de que ela estava amedrontada. Obviamente o Barão a perseguia e não era preciso ser arguto para saber quais eram exatamente suas intenções.

Num ímpeto, Miklós desejou amaldiçoar aquele homem desprezível e atrevido, e ao mesmo tempo salvar e proteger Aletha.

O Barão ganhara terreno e já se encontrava bem próximo de sua vítima, que não tinha por onde escapar. A sua frente, nada mais havia senão o alto muro que circundava o Palácio .

Numa fração de segundo, Miklós compreendeu o que Aletha pretendia fazer e sentiu-se como se estivesse diante de um pelotão de fuzilamento.

Cônscia da proximidade do seu perseguidor, Aletha não quis tomar a direção das cavalariças, certa de que seria alcançada por ele ou pelo cavalariço que a cercava do outro lado.

Ser alcançada por qualquer um dos dois significava estar nas mãos do Barão e ser levada para seu Castelo.

«Salve-me… oh, meu Deus… salve-me!», ela pedia com fervor e desespero.

O alto muro que se erguia logo mais à frente era sua única chance de se salvar. Aletha não hesitou, embora jamais tivesse praticado saltos com Nyul e soubesse que riscos cavalo e amazona corriam ao tentarem transpor um obstáculo tão alto e sólido quanto aquele.

Falando com Nyul para incentivá-lo, esperou que o soberbo animal a compreendesse, preparou-o e investiu.

Por incrível que pudesse parecer, Nyul, num salto fantástico, transpôs o muro, sua patas pretas não o tocando por questão de um ou dois centímetros.

Aletha teve certeza de que havia sido ajudada por Deus e pelos anjos. Também ficou emocionada diante da bravura de Nyul. Um cavalo comum jamais teria realizado uma façanha como aquela.

Felizmente o animal caíra num canteiro e apesar de cambalear um pouco recobrou o equilíbrio e parou, completamente exausto e molhado de suor.

Aletha ainda se manteve na sela, quase desanimada devido ao esforço e à tensão. Por um instante fechou os olhos e se deixou ficar, inclinando a cabeça sobre o peito.

O galope alucinado soltara seus cabelos, que lhe caíam sobre os ombros, numa nuvem dourada. As rédeas estavam soltas, ela segurava apenas na sela.

Subitamente sentiu que o mundo ia desaparecer, porém uns braços fortes tiraram-na da sela. Uma voz que parecia vir de muito longe estava dizendo:

—Minha querida! Minha doçura! Como se arriscou a fazer um salto tão perigoso? Cheguei a temer que acabasse com a própria vida!

Sem ter forças para responder, Aletha deixou-se ficar, exausta, nos braços do Príncepe Miklós, a cabeça repousada em seu ombro.

Abaixando-se, ele colocou um joelho no chão e manteve-a bem perto de seu corpo. A força daqueles braços e o cálido aconchego disseram a Aletha que ela estava em segurança.

Miklós fitou-a e, ao notar-lhe a palidez, os olhos fechados e os cabelos soltos, uma onda avassaladora de paixão irrompeu dentro de seu peito.

Com impetuosidade, beijou-lhe a testa, os olhos, as faces, os lábios, exultando porque ela estava viva.

Para Aletha era como se tivesse saído de um inferno de sombras e temores e entrasse num céu radioso, pleno de felicidade. Mas não conseguiu abrir os olhos e deixou-se ficar como que flutuando num oceano de abandono e esquecimento. Tinha, no entanto, consciência daqueles beijos febris e possessivos que a mantinham cativa. Então, uma chama tremeluziu dentro de seu coração e Aletha soube que o amor que julgara perdido renascera.

—Cheguei a pensar que a havia perdido, meu sublime amor.

Havia uma nota tão pungente de agonia na voz dele que Aletha abriu os olhos e viu o rosto do Príncepe bem junto do seu. Logo entendeu que ele padecera terrivelmente, receando que ela sofresse um acidente fatal.

Aletha quis dizer algo, mas seus lábios mal se abriram e ela se viu sufocada por uma torrente de beijos. Momentos depois, Miklós levantou-se com vagar e muito delicadamente a colocou de pé.

—Vou carregá-la para o interior do Palácio— ele disse.

Como se não conseguisse se controlar, ele voltou a beijá-la.

Aletha correspondeu àquele beijo ardente e apaixonado, sentindo a chama crescer dentro do peito, para então se espalhar com a força de labaredas que percorriam todo o corpo e vinham queimar-lhe os lábios.

Com voz enternecedora, Miklós deu a prova de amor que Aletha tanto esperava:

—Você é minha! Minha completamente! Só agora compreendi que não posso viver sem você! Quero torná-la minha esposa. Quando aceitará se casar comigo, adorada?

Ela o fitou, atônita.

—Está mesmo querendo se casar comigo?— ela indagou num mufmúrio.

Era a primeira vez que Aletha falava desde que Nyul, transpusera o muro.

—Quero que seja minha esposa, nem que eu precise lutar contra o mundo inteiro!

Era maravilhoso ouvir aquelas palavras que a faziam acreditar no amor que Miklós lhe devotava! Então fechou os olhos enquanto ele a tomava nos braços e a carregava para o interior do Palácio. Então Aletha perguntou numa voz sumida:

—Você me ama?

—Muito, muito. Nada mais importa a não ser você!— Miklós respondeu e beijou-lhe a testa suavemente—, sei que não será fácil, mas o amor, e mais que isso, a adoração que sinto por você me darão forças para superar todos os obstáculos. Nada pode ser mais importante do que o nosso amor.

—Nada...— Aletha murmurou.

Ao entrar no Palácio , ele colocou-a no chão, mas continuou com o braço ao seu redor para ampará-la.

Tendo súbita consciência do seu desalinho, dos cabelos caídos descuidados sobre os ombros, ela pediu numa voz quase inaudível:

—Por favor, não quero que me vejam assim.

Miklós sorriu e compreendendo aquela preocupação tão feminina, conduziu Aletha para uma das muitas salas de estar, pequenas, porém lindas e acolhedoras, que havia no andar térreo do Palácio.

Ali, todos os quadros eram obras de arte pintadas por mestres franceses como, Bucher, Fragonard e Greuze. A mobília também era francesa.

—Não há ambiente mais propício para eu, lhe falar do meu amor, querida.

—Miklós foi dizendo ao abraçar Aletha—, amo você como jamais amei outra mulher. Você é tudo para mim!

Levando-a depois para um sofá, acalentou-a e manteve-a aconchegada em seu peito, como se fosse uma criança. Só instantes mais tarde voltou a beijá-la arrebatadamente, com desejo e delírio.

Ambos se viram transportados para regiões etéreas, esquecidos de que havia o mundo abaixo deles.

Bem mais tarde, apesar de Miklós e Aletha não terem falado muito, era como se tivessem dito muita coisa um para o outro. Mas não havia necessidade de explicações. Bastava saber que se amavam e só o amor era importante.

—Como você é capaz de me fazer sentir estas emoções?— Miklós indagou com ternura na voz.

—O que está... sentindo? — Aletha perguntou apenas pelo prazer de ouvi-lo traduzir suas emoções em palavras.

—Você me faz vibrar e viver sensações que jamais experimentei antes. Mas também nunca amei mulher alguma como a amo-a!

—Nada é mais maravilhoso do que ouvi-lo dizer isso! E pensar que ontem à noite me senti tão infeliz...

—Não quero que pense no que aconteceu ontem à noite!— Miklós falou impetuosamente—, eu estava louco, fora de mim, pensando que poderíamos viver separados!

Novamente havia fogo em seu olhar.

—Você é minha e matarei o homem que tentar tocá-la!

—Eu imagino que o Barão pretendia me levar para o Castelo como sua prisioneira.

—Quase que você morre para escapar daquele desclassificado!

A nota de horror na voz de Miklós comoveu Aletha.

—Mas estou viva e... com você.

—Está, sim, adorada, e agora vou tomar as providências para que nos casemos o quanto antes!— ele ergueu-se—, não quero mais perder tempo. Vamos ver meu pai e comunicar-lhe que tencionamos nos casar imediatamente! Nada do que ele ou qualquer outra pessoa possa pensar ou dizer terá o dom de impedir que você seja minha esposa.

Aletha ficou olhando para ele, perplexa. Ia contar-lhe seu segredo e chegou a sentir as palavras prestes a serem proferidas dos seus lábios trêmulos quando Miklós voltou a beijá-la.

Então seu segredo morreu-lhe na garganta.

Assim que Miklós a libertou de seus braços, Aletha viu de relance sua imagem num espelho de moldura dourada, ficando horrorizada com seu aspecto.

—Devo ir primeiro me trocar e arrumar-me, não posso ir assim!— ela disse depressa—, depois tenho algo muito importante para lhe contar.

—Todos já devem ter terminado o desjejum— Miklós observou, dando uma olhada no relógio. — Papai deve estar sozinho lendo a correspondência. Portanto vá depressa, caso contrário perderemos a oportunidade de ver papai a sós para contar-lhe sobre nosso amor e nossos planos.

Não desejando ser vista por ninguém antes de estar arrumada, Aletha permitiu que Miklós a levasse até seus aposentos por uma escada secundária.

—Voltarei para buscá-la em dez minutos, meu amor— ele prometeu ao deixá-la à porta do quarto—, seja rápida! Receio ter que me separar de você ainda que por um minuto!

—Pode ter certeza de que me encontrará aqui quando voltar— ela asseverou-lhe com um sorriso.

Ligeira, Aletha entrou no quarto antes que Miklós, não se contendo, a tomasse em seus braços novamente e voltasse a beijá-la.

Tocou a sineta e quando a criada chegou já a encontrou lavada e sem a roupa de montar. Foi só ajudá-la a vestir um dos seus mais lindos vestidos e pentear-lhe os cabelos.

Ouvindo uma batida à porta, Aletha soube que era Miklós e foi ela mesma correndo atender. Com dificuldade não se atirou nos braços dele.

—Estou pronta!— ela disse ofegante.

—Está adorável! É tão grande minha ansiedade que estou determinado a nos casarmos esta noite ou, mais tardar, amanhã.

Quando ia protestar, alegando que isso não seria possível, um criado passou por eles pelo corredor e Aletha ficou silente, desceu a escada e deixou a revelação para depois. Para alcançar o escritório do pai, Miklós conduziu Aletha pelo hall e depois por um corredor, em seguida abriu uma porta.

Entrando no amplo escritório decorado com sobriedade e bom gosto, Aletha se sentia feliz. Era como se o mundo todo cantasse. Miklós a amava por ela mesma, sem ao menos suspeitar de que ela era filha de um Duque.

Também não precisava recear um confronto com Sua Alteza, o Príncepe Jozsel, pois assim que revelasse sua verdadeira identidade ele se orgulharia de recebê-la no seio de sua família.

Subitamente Aletha sofreu uma grande decepção. Sua Alteza não se encontrava sozinho e nesse caso Miklós teria que adiar a conversa com o pai.

De pé, junto à janela, se achavam o Príncepe Jozsel e outro cavalheiro. Os dois se viraram e Aletha sufocou um grito. O homem alto, elegante e distinto ao lado de Sua Alteza era seu pai.

—Papai!— sua voz ecoou pelo cômodo.

Impulsivamente, Aletha correu para o Duque e se atirou em seus braços.

—Você está aqui, papai! Como é... possível? Por que veio para a Hungria?

Aletha falou tumultuadamente, e o pai abraçou-a com carinho. Então respondeu:

—O Rei da Dinamarca se encontrava doente e todas as festividades foram canceladas. Voltei para casa e fiquei sabendo que minha filha traquinas havia fugido!

Aletha susteve a respiração.

—Você... ficou muito zangado?

—Muito. Mas tinha certeza de que James Heywood tomaria conta de você. Só não imaginava que além da incumbência de comprar cavalos para mim ele tivesse que desempenhar o papel de seu avô!

O brilho divertido que Aletha viu nos olhos do pai tranquilizou-a, o Duque não ficara realmente zangado com sua aventura.Ao olhar para Miklós, notou sua expressão de assombro. Estendeu-lhe a mão, que ele segurou.

—Era este o meu segredo... eu lhe disse que tinha algo importante para lhe contar— falou timidamente, receando que Miklós se zangasse por ter sido enganado.

Mas ele respondeu ainda sem estar completamente recuperado do espanto:

—É mesmo verdade que você é filha do Duque ?

—É a pura verdade— o Duque respondeu antes que a filha pudessse falar—, já apresentei minhas desculpas ao Príncepe Jozsel por minha filha tê-los enganado.

—É claro que compreendo a atitude de *lady* Aletha— o Príncepe Jozsel disse—, foi um modo inteligente que encontrou para justificar o fato de estar viajando sem uma *chaperon*.

—Bem, agora cuidarei de minha filha— o Duque asseverou para que não houvesse mais comentários sobre a travessura de Aletha.

Dando esse assunto por encerrado, ele dirigiu-se ao Príncepe Jozsel:

—Agora, Alteza, me daria o prazer de ver pessoalmente os cavalos que já foram selecionados para mim?

—Sim. E, é claro, poderá montá-los— o Príncepe Jozsel acrescentou, amavelmente.

Antes que todos saíssem do escritório, Aletha comunicou:

—O Príncepe Miklós tem algo a dizer que é muito mais importante do que cavalos. É muito bom você estar aqui, papai.

O Duque estendeu a mão para o Príncepe Miklós.

—Eu já havia imaginado que você era o filho mais velho do Príncepe Jozsel. É um grande prazer conhecê-lo.

—Como Aletha acaba de dizer, Alteza, tenho algo muito importante para pedir-lhe: desejo que me conceda a mão de sua filha!

Aletha ficou algum tempo admirando a paisagem, achando que nada poderia ser mais belo ou mais convidativo. A casa em que se achava ficava no alto da montanha, bem acima do vale por onde corria, cortando a campina, um rio coleante cujas águas cintilavam à luz do sol.

Do lado oposto àquele em que Aletha se achava, erguia-se, muito ao longe, uma cadeia de altas montanhas.

A casa de Miklós era o refúgio que ele possuía nas montanhas. Apesar de pequena, tinha todo conforto, era agradável e encantadora.

Os recém-casados chegaram ali na noite anterior, já bem tarde,e, ao acordar, naquela manhã, Aletha sentia-se no céu.

—Está acordado há muito tempo?— ela havia perguntado ao despertar.

—Achei difícil conciliar o sono— Miklós respondera numa voz profunda.

—Nem podia acreditar que a tinha ao meu lado e que estávamos realmente a sós.

—Cheguei a imaginar que aquela festa e todos os votos de felicidade jamais terminassem— Miklós comentara—, eu não via a hora de tê-la comigo, assim, como estamos agora, sem ninguém para nos perturbar. Agora posso lhe falar do meu amor desde a manhã ao anoitecer.

Aletha havia sorrido para o marido.

—Oh, querido, eu também ansiava por.estar ao seu lado... mas não podia imaginar que você iria me fazer tão feliz e que viveríamos momentos tão... maravilhosos.

Tanto o Duque quanto o Príncepe Jozsel não concordaram que o casamento de seus filhos se realizasse tão depressa quanto Miklós desejava.

O Duque fez questão de que seu futuro genro fosse à Inglaterra para conhecer a maior parte da família Ling. Todos acharam o Príncepe um aristocrata encantador.

Fizeram também tantas festas e agrados para ele que Aletha chegou a recear que seu noivo acabasse gostando mais de alguma de suas parentas do que dela própria.

Ela chegou a falar sobre seus temores com Miklós e ele, além dé lhe asseverar que a amava extremadamente, provou isso com beijos arrebatados.

Também lhe disse centenas de vezes como se sentia frustrado porque o casamento de ambos não se realizara tão depressa quanto ele desejara.

Finalmente o Duque concordou com o casamento, embora ale-gasse que aquela pressa era descabida, e a cerimônia foi realizada na capela, em Ling.

A casa ancestral do Duque ficou lotada de parentes e convidados que também se hospedaram nas casas vizinhas.

Depois de alguns dias de lua-de-mel na Inglaterra, o casal voltou para a Hungria.

O Príncepe Jozsel fez questão de dar uma comemoração inesquecível para receber o filho primogênito e a nora.

O Palácio recebeu um número incrível de convidados, houve muita música cigana e um baile com a melhor orquestra de Viena, regida pelo próprio Strauss.

—Pode alguém desejar mais que isso?— Aletha perguntou.

—Pois eu desejo você só para mim!— Miklós queixou-se.

Finalmente eles escaparam e foram para a casa das montanhas. Naquela manhã, Aletha estava embevecida com a vista que se descortinava diante de seus olhos quando Miklós se aproximou e enlaçou-lhe a cintura.

—Agora sei que alcançamos o paraíso— ela sussurrou.

—Adoro ouvi-la dizer isso. Quando construí esta casa pensei nela como um perfeito refúgio para mim. Agora sei que este lugar é muito mais próprio para você. Vejo que você não é uma sílfide, e sim um anjo. Meu anjo! Sempre me pertencerá!

Os lábios de Miklós encontraram os dela e ele a beijou até fazê-la sentir que ambos tocavam o sol e que a luz do astro-rei queimava dentro deles.

—Amo você, Miklós... oh, como o amo! — Aletha murmurou.

—Eu também a adoro! Quero lhe falar do meu amor e demonstrar como a amo, mas não posso fazer isso neste lugar, tendo um precipício abaixo de nós. Vamos para dentro de casa. . Aletha viu o fogo do desejo nos olhos dele e exclamou:

—Mas... querido, acabamos de nos levantar!

—Que importância tem isso? Quando se está apaixonado, o tempo ou a hora não importa! Só sei que a amo, que a desejo e que você é minha!

Aletha não conteve o riso e voltou com o marido para casa.

O lindo quarto que eles ocupavam tinha uma vista espetacular do vale. Miklós fechou a porta e a esposa abraçou-o. Ele apertou-a contra o peito.

—Querido... adorado... amo-o muito! Mas poderíamos ficar um pouco mais... lá fora. É tudo tão lindo!— Aletha sugeriu.

—Teremos amanhã e o resto de nossas vidas para apreciar belas paisagens. No momento só nosso amor importa— Miklós respondeu.

Tomando-a nos seus braços, levou-a para a cama e beijou-a arrebatadoramente.

Aletha se sentia gloriosamente feliz. Encontrara o amor e nada mais importava. Posições, posses, até mesmo a própria beleza não podiam ser comparadas à maravilha que era o sentimento que ela e Miklós nutriam um pelo outro. Ambos se tornaram um no milagre do amor, e por um instante só se ouviu a música das batidas de seus corações.

Um raio do sol da manhã, como manifestação da bênção divina, tocou seus corpos. Para Aletha e Miklós nada havia de mais grandioso na terra, do que o Amor.

FIM

www.ingramcontent.com/pod-product-compliance
Lightning Source LLC
Chambersburg PA
CBHW051823170626
46807CB00003B/1009